お世継姫と達人剣

罪のかけひき

◆

八神淳一

コスミック・時代文庫

この作品はコスミック文庫のために書下ろされました。

目次

第一章　後家の甘い声……………5
第二章　嫁入り前の箱入り娘……………47
第三章　罪深いおなご……………107
第四章　ふたつの処女花……………154
第五章　汚《けが》れた躰《からだ》……………198
第六章　高貴な裸体……………240

第一章　後家の甘い声

一

徳川《とくがわ》十一代将軍家斉《いえなり》の世。

初音《はつね》は信州黒崎藩《しんしゆうくろさきはん》五万石の江戸《えど》藩邸の中にいた。

広々とした座敷で、ふたりの近習《きんじゆう》を控えさせて座している。背筋はぴんと伸び、美しい。

初音は幸田《こうだ》藩二万五千石の姫である。藩主彦次郎《ひこじろう》の兄の娘にあたる。

藩主である父が亡くなり、弟の彦次郎があとを継いでいた。

前藩主の娘である初音は嫁に出されようとしていた。

若殿の高時《たかとき》が座敷に入ってきた。

上座につくと、まっすぐ初音を見つめてきた。生真面目《きまじめ》そうな顔が、驚きの表情に変わった。

たいていの男が、初音をはじめて見ると、そういった顔になる。

「初音と申します」

と、初音は頭を下げた。

「高時である……」

こうして、黒崎藩の江戸藩邸の中で会うということは、すでに婚姻は決まっていた。

今日は、最初で最後の顔合わせであった。

高時はひと目で初音に惚《ほ》れたようだ。

「噂《うわさ》以上の御方であるな」

高時はずっと初音の美貌《びぼう》に見惚《みと》れている。

「ひと言だけ、お話ししたいことがあります」

「なんだ」

「私は生娘《きむすめ》でありません」

まっすぐに高時を見つめ、はっきりとそう言った。

座敷が凍りついた。

ずっと穏やかな表情だった高時の顔が強張《こわば》る。座敷の横に控えていた高時のふたりの近習は目を見張っていた。

「今、なんと言われた」

と、高時が聞いた。

「私はすでに、おなごとなっています。一度だけですが、私の女陰《ほと》に殿方の魔羅《まら》が入っています。子宮《こつぼ》で精汁を受けました」

「なんとっ」

高時がかっと目を見開く。

「その男とは今も、通じておるのかっ」

「いいえ。一度きりです。それでよければ、高時様の嫁となります」

「う、うむ……」

高時が苦渋《くじゆう》の表情を浮かべる。

「精汁を……子宮に……浴びているのか」

「はい。しっかりと」

「その男のことを今も思っておるのか」

「はい」

と、初音はうなずいた。

同じ頃、初音の処女花を散らし、子宮に精汁を浴びせかけた男は、江戸の裏長屋の井戸端で、おのが着物を洗っていた。

名を香坂喜三郎《こうさかきさぶろう》という。浪人である。美緒《みお》という許婚《いいなずけ》がいるが、同じ裏長屋に住みつつ、別々の家にいた。

急に鼻がむずむずして、喜三郎はくしゃみをした。

「誰か、わしの噂でもしているのか」

喜三郎はぱんぱんと着物をたたき、空の桶《おけ》に入れる。そして、下帯《したおび》を水が入った桶に浸すと、手もみ洗いをはじめる。

すると、隣に住んでいる後家の奈美《なみ》が姿を見せた。十カ月ほど前、逐電《ちくでん》した許婚を追って西国より江戸に出てきたばかりの喜三郎に、この長屋を世話したおなごであった。

奈美は咲良《さくら》というたいそう器量よしの娘と住んでいるが、咲良の処女花で喜三郎は男になったのだ。

「あら、香坂様、私が洗いますよ」

喜三郎の隣にしゃがみ、奈美が桶ごと自分のほうに引きよせる。

「すまぬな」

奈美を見て、はっとなる。小袖《こそで》の胸もとがゆるみ、そこから白いふくらみがのぞいていた。

時は四つ(午前十時頃)。すでに日が昇っている。もちろん、お菊《きく》長屋のおなごたちはみな、洗濯は済ませていた。お菊長屋で午前中唯一日の当たる場所に、多くの洗濯物が干してある。

喜三郎は寝すごしていた。昨晩は、夕方から夜中にかけてのつきそいの仕事があったのだ。馴染《なじ》みの廻船問屋《かいせんどんや》の主《あるじ》の船遊びに、用心棒としてついていた。

喜三郎の左隣に住む美緒が家から出てきた。

「おはようございます」

と、美緒が他人行儀な顔で挨拶《あいさつ》してくる。

「おはよう……」

半年前、喜三郎と美緒はお菊長屋の住人たちの前で、祝言《しゅうげん》をあげていた。三三九度の途中で、初音が祝言の場である妙蓮寺《みょうれんじ》の本堂に乗りこみ、喜三郎を攫《さら》ったのだ。

そして、喜三郎は初音の処女花を散らしていた。幸田藩二万五千石の姫様の処女花を散らし、さらに精汁を子宮にぶちまけていた。

当然のこと、祝言はご破算となった。あれから半年経《た》つが、美緒は喜三郎に笑顔を向けることはなかった。かといって、この裏長屋から出ることもしなかった。薄い壁を隔てて、隣どうしで住みつづけていた。

「これから、手習いかい」

と、奈美が美緒に聞く。はい、と美緒がうなずく。

「すっかり人気の手習い所になったわね」

「ありがとうございます」

美緒が奈美に笑顔を見せる。美緒の笑顔を見ると、喜三郎はほっとする。つられて喜三郎も笑顔を見せると、美緒がにらみつけてくる。瞳が美しいだけに、よけい鋭さが増す。

「行ってまいります」

と、美緒がお菊長屋を出ていった。

「もう半年になりますね、香坂様」

と、奈美が言う。そうであるな、と答える。

「半年もまぐわっていないと、おなごの身はつらいですよ」

「それは……」

奈美に言われて、はっとなる。喜三郎がつらいのではなく、美緒がつらいと言っているのだ。

「私なんて、半年も魔羅なしだったら、気が変になりますよ」

「そ、そうか……しかし、美緒はまだゆるしてくれていないのだ」

「夜這《よば》いをかけたら、どうですか」

「夜這い、とな……」

「はい。思いきって、魔羅で仲直りするのです」

「魔羅で、仲直り……とな……しかし……」

「だから、お武家様は面倒なんですよ。あたいら町人は喧嘩《けんか》をしても、まぐわったらすぐに仲直りしますよ」

「そうか……しかし……」

夜這いをかけてうまくいけばよいが、しくじったら、取り返しがつかなくなりそうだ。

「ところで香坂様も、あれからまぐわっていないのですか」

「そうであるな」

「それはおつらいでしょう」

奈美が下帯洗いの手を止めて、喜三郎の手をつかんできた。そしてそのまま、ゆるんだ胸もとに引きよせてくる。

ならん、と言う前に、指先が奈美の乳房に触れていた。

「ほらっ、つかんでくださいな、香坂様」

奈美がぐっと胸もとをはだけた。たわわな乳房がこぼれ出る。

喜三郎は反射的につかんでいた。とてもやわらかな感触に、鼻息が荒くなる。

そのまま、五本の指をぐっと食いこませていく。

「ああ、香坂様……」

奈美が火の息を吐く。乳首がぷくっととがる。

娘の咲良の処女花は散らしていたが、その母親とはまぐわってはいない。豊かな乳房は大年増《おおどしま》らしく、熟れに熟れている。とてもやわらかい。

もっと続けたかったが、ここは井戸端である。手を引こうとすると奈美が顔を寄せて、唇を押しつけてきた。あっと思ったときには、ぬらりと舌が入っていた。

奈美の唾《つば》は濃厚であった。まぐわいが半年ぶりなら、口吸いも半年ぶりである。

舌がとろけていく。

　喜三郎は奈美と舌をからませつつ、もう片方の乳房も鷲《わし》づかみにしていく。

「う、ううっ」

　と、火の息が吹きこまれる。

二

「それは真《まこと》の話なのか。わしが気に入らなくて、破談にするための戯言《ざれごと》ではないのか」

　と、高時が問う。

「いいえ。高時様のことは嫌いでありません。こうしてお会いして、一生をともにするに値する御方だと思いました」

　と、初音は答える。

「それでは、なにゆえにっ」

「それゆえ、真のことをお話ししたほうがよいと思ったのです。素晴らしい御方だと思ったゆえ、私のことを正直に話そうと思ったのです」

「うむ……」

高時は苦悶《くもん》の表情を浮かべている。

「若殿……」

近習が声をかける。ううむ、と高時はうなりつづけている。

四月前に、父である藩主が亡くなり、彦次郎があとを継いだ。はじめのふた月ばかりは、積極的に政《まつりごと》に加わり、藩のために努めようとしていた。

そんな彦次郎を見て、安堵《あんど》した初音は、黒崎藩からの縁談の話を受けたのだ。が、はやくも彦次郎は政に興味をなくし、国家老にいっさいを任せるようになっていた。それとともに、生来のおなご好きの血が騒ぎ出し、またも藩の中に彦次郎専用の廓《くるわ》を作ろうとしていた。

そんな彦次郎を見て、初音は危機感を覚え、幸田藩を離れるわけにはいかないと思い、断られるために、生娘ではないと告げたのだ。

事実、初音は生娘ではない。江戸で、浪人者の魔羅で、処女花を散らしていた。

喜三郎様……。

今も、喜三郎のことは片時も忘れない。納屋でまぐわったときのことを思い出すと、今でも女陰が熱く疼《うず》く。

「ああ……」

初音は思わず瞳を閉じて、わずかに開いた唇からかすれた喘《あえ》ぎを洩《も》らした。

強い視線を覚え、初音ははっと目を開く。初顔合わせの場で、喜三郎を思い、うっとりするなど、かなり重症だと感じた。

高時は惚《ほう》けたような顔で、初音を見ていた。

「なんという顔をなさるのだ……」

まずい。まぐわいを思い、うっとりした顔を、高時に見せてしまった。

「ごめんなさい……」

「正室にすれば、夜ごと、そのような顔を見られるのであるな」

「それは……」

「生娘でなくても構わん。わしはそのようなことぐらいで、破談にするような器の小さい男ではないぞっ、初音どのっ」

「若殿っ、冷静にっ」

近習が声をかける。

「ただ魔羅を入れた男のことを、いまだに忘れられぬというのは困るのじゃ」

と、またも高時が苦渋の表情を浮かべる。

朝の井戸端で、後家の乳房を揉《も》みつつ、口を吸っていると、

「あら、なにをやっているんですかっ」

大家のお菊の声がした。

喜三郎ははっと我に返った。あわてて口を引き、やわらかな乳房から手を引く。白いふくらみのあちこちに、うっすらと手形の痕《あと》がついていた。

「香坂様、ちょっと」

と、お菊が手招きする。奈美のほうは、乳房をもろ出しにしたまま、うっとりした顔をしている。

「ちょっとっ」

と、怒ったような顔で呼ぶ。

喜三郎はお菊のもとへと向かう。お菊も後家であった。四年近く前に夫を亡くし、それからはお菊があとを継いで大家をやっている。かなり色っぽい年増である。

お菊の家に入った。二階建てのりっぱな家である。

居間で向かい合う。お菊にはすでに魔羅をしゃぶられている。生まれてはじめ

て喜三郎の魔羅をしゃぶったのが、お菊なのだ。

尺八《しゃくはち》を吹かせないと、部屋を貸さないと言われ、初尺八を大家に捧げたのだ。

喜三郎は西国ではおなご知らずであった。美緒という美しい許婚がいたから、ほかのおなごには興味がなかった。美緒を追って江戸に来て、おなごを知ってしまったのだ。

「美緒さんとはどれくらいまぐわっていないのですか」

「あれ以来、まぐわっておらぬ」

「やはり、そうですか。だから、奈美さんの乳を井戸端で揉んだのですね。たまっておられるのですね」

そう言うと、お菊がにじり寄ってきた。

あぐらをかいている喜三郎の股間を、いきなりつかんできた。

「ううっ……」

喜三郎は半勃《だ》ち状態であった。奈美との口吸いで勃起して大家に呼ばれ、萎《な》えつつあったのだ。が、着物と下帯越しにつかまれ、また勃起を取りもどした。

「井戸端で乳を揉むなど、お菊長屋ではゆるしません」

「すまなかった。二度としない」

「それはわかりませんよ。奈美がまた、お乳を出して誘ってくるでしょう」

「そうかもしれぬな」

井戸端ではなく、奈美こそ喜三郎に夜這いをかけてくるかもしれぬ。

「たまっているから、奈美の誘いに乗るのです」

「そうかもしれぬ……」

「お菊長屋の風紀を乱さないため、私がひと肌脱ぎましょう」

と言うと、実際、お菊が帯の結び目を解《ほど》き、小袖を脱ぎはじめる。

「お菊さんっ、なにを……」

肌襦袢《はだジュバン》も剝《む》くように下げると、たわわな乳房があらわれた。

お菊は喜三郎の手をつかむと、自ら乳房へと導く。大家には逆らえない喜三郎はそのまま、お菊の乳房をつかんでいく。

まさか、朝から裏長屋の後家の乳房を続けて揉むことになるとは。

お菊の乳房もやわらかかった。五本の指が、白いふくらみに吸いこまれていきそうになる。

「はあっ、ああ……」

お菊が火の息を吹きかけてくる。

「もっと強く、お乳を……揉んでください」

お菊に言われ、喜三郎はぐっと揉みこんでいく。

「あ、ああ……」

お菊の躰《からだ》ががくがくと震える。たまっているのは、お菊のほうな気がした。

「わしの魔羅をしゃぶってから、誰ぞの魔羅を咥《くわ》えたのか、お菊さん」

ふたつの乳房を揉みくちゃにしながら、喜三郎は後家に問いかける。

「あ、あああ……咥えていません……香坂様の魔羅以外……咥えていません」

「そうなのか。では、久しぶりの魔羅であるのか」

「はい……今日は、上の口だけではなく……ああ、下の口でも咥えたいです、香坂様」

そう言いながら、お菊が自らの手で腰巻を取っていく。

後家の恥部があらわれた。濃い茂みで割れ目が見えない。

「ああ、舐《な》めてくださいますか、香坂様」

と言うと、お菊はその場で横になった。座布団を尻に敷き、自ら太腿《ふともも》を抱えて、持ちあげてみせる。

「なんとっ……」

漆黒《しっこく》の茂みの真ん中に、赤い粘膜がのぞいている。

それは、すでにどろどろに濡れ、肉の襞《ひだ》がざわざわと蠢《うごめ》いて、喜三郎を誘っていた。

喜三郎は顔面を寄せていく。すると、むせんばかりのおなごの匂いに包まれる。

そのまま顔面をお菊の恥部に埋《うず》めていく。露呈しているおなごの粘膜に舌を入れていく。


「あっ、あああっ」

両足を抱えたまま、お菊がぴくぴくと熟れきった躰を動かす。

発情したおなごの匂いが濃くなり、喜三郎はくらっとなる。

「ああ、舌を休ませないでくださいっ」

「うむっ」

と、喜三郎はべろべろと舐めていく。

同じ頃、信州黒崎藩の江戸藩邸では。

「初音どのの処女花を散らした男は誰なのだ」

と、高時が聞く。

「それは言えません……」

「安心しろ。殺したりはしない。殺せば一生、初音どのの心から消えないであろう。それは困る」

なるほど、そうかもしれない、と初音は思った。

「名前は……浪人者とだけ……」

「なにっ、浪人だとっ」

高時が立ちあがった。

若殿っ、落ち着いてくださいっ、と近習が諫《いさ》める。

「幸田藩の者ではないのかっ」

「違います。江戸で出会った浪人です……」

喜三郎のことを高時相手に話すだけで、なぜか躰が熱くなる。

喜三郎様、今、なにをなされておられるのですか……。

「浪人に……大切な処女花を……しかも、子宮に精汁を……なんてことだ」

高時が膝《ひざ》を落とす。

「浪人に汚《けが》されたおなごを娶《めと》る気にはなれませんか、高時様」

「初音どのは、汚れてなどおらぬっ」

とまた、高時は立ちあがる。

「う、ううむ。浪人者かっ……ううむ」

高時は歯ぎしりしはじめる。

「あっ、あああっ、そこ、ああ、そこをもっとっ……ああ、香坂様っ……」

お菊の肉の襞が喜三郎の舌にからみついている。舐めるそばから、あらたな蜜がにじみ出し、ぴちゃぴちゃと淫《みだ》らな舌音がする。

「おさねも、おさねも、香坂様」

大家に頼まれ、喜三郎は顔をあげると、草叢《くさむら》に指を入れて、肉芽を探す。先端がおさねに触れた。それだけで、

「ああっ、あああっ」

両足を抱えたままの裸体を、お菊は痙攣《けいれん》させる。

喜三郎は摘《つ》まむと、ころがしていく。

「ああ、ああっ、舐めてくださいっ。舐められながら、気をやりたいですっ」

わかったぞ、と喜三郎は草叢に顔を埋めていく。お菊は江戸で住処《すみか》を貸してくれた恩人である。その恩に報いるときである。

おさねを舌先が捉えた。ぞろりと舐める。

「ああ、あああっ」

お菊の声が裏返る。絖白《ぬめじろ》い肌が汗ばみ、むせんばかりの汗の匂いが居間を桃色に染める。

喜三郎はぺろぺろとおさねを舐めつづける。

「吸ってっ、ああ、吸ってくださいっ」

喜三郎は言われるまま、お菊のおさねを口に含み、じゅるっと吸ってやった。

すると、

「あっ、ああ、あああああっ、い、いくっ」

いまわの声をあげて、お菊が裸体を痙攣させた。

恥部から顔を引くと、お菊が抱えていた両足を下ろした。そして起きあがると、喜三郎の着物の帯に手をかけてきた。着物を脱がせると、下帯も取る。

お菊の前で、勃起させた魔羅が跳ねる。

先端がお菊の小鼻をたたいた。

「すまぬ……」

「あんっ、うれしいです。ああ、こんなに大きくなさって、うれしいです、香坂様」

お菊は小鼻をたたいた魔羅に頬《ほお》ずりをする。

三

「そやつと、口吸いはしたのか」

と、高時が聞く。

「はい。当たり前です」

「そ、そうか……」

高時が初音の唇をじっと見つめている。

初音は喜三郎との口吸いを思い出し、さらに躰を熱くさせる。もっと昂《たかぶ》りたい

と、

「尺八も……吹きました……」

と、高時に魔羅を舐めたことまで話してしまう。

「なんとっ、尺八を吹いたのかっ」

高時は顔面を真っ赤にさせた。怒りなのか、それとも昂りなのか。

「若殿っ、落ち着いてください」

「木島《きじま》っ、これが落ち着いていられるかっ。初音どのは尺八を吹くのだぞっ」

どうやら、初音が尺八を吹いている姿を想像して、興奮しているようだ。

「一度だけか」

「何度も、吹きました……それに……」

「それに、なんだっ。言ってみろっ。なんでも話してみろ、初音どの」

高時は身を乗り出している。

初音は腰をもぞもぞさせる。高時相手に、尺八を吹いたことまで話し、腰巻の奥がじんじんに痺《しび》れている。

「喜三郎様が出された……精汁を」

「今、なんと申したっ。きさぶろう、と申したよなっ」

初音は、はっとなった。女陰まで熱くさせて、つい我を忘れてしまっていた。

「いいえ、言っていません……」

初音は狼狽《うろた》えてしまっていた。声が裏返り、これでは、きさぶろう、と言ったと同意したも同じであった。

「木島っ、聞いたよな」

「はい、若殿、きさぶろうです」

近習がうなずく。

「そうか、きさぶろうか。そやつの出した精汁を、どうしたのだ」

「飲みました……」

「なんだとっ」

高時の顔面がさらに赤くなる。握り拳《こぶし》がふるえている。昂り以上に、悋気《りんき》が湧《わ》いているようだ。

「なにゆえ飲んだ。強要されたのだな、その、きさぶろう、という輩《やから》にっ」

「いいえ。私が望んで飲みました……おいしかった……」

喜三郎の精汁が喉を通ったときを思い出し、初音はうっとりした顔になり、そしてごくんと喉を動かした。

「なんてことだっ」

高時は全身を震わせていた。

「お舐めしますね」

頬ずりしていたお菊が、裏筋に唇を押しつけ、そして舌を出すと、ぺろぺろと舐めてくる。

「うう……」

どろりと先走りの汁が出る。するとすかさず、お菊がぺろりと舐め取った。

その舐め取る舌の動きにまた感じて、あらたな汁を出してしまう。

お菊が唇を大きく開き、ぱくっと鎌首《かまくび》を咥えてきた。じゅるっと吸ってくる。

「う、うう……」

半年ぶりの尺八に、喜三郎は腰を震わせる。こうして、美緒にも初音にも吹いてもらっていた。思えば、半年前までは極楽のような日々《ひ》であった。

お菊が反り返った胴体まで頬張り、つけ根まですべて呑みこんだ。そのままで吸ってくる。

「あうっ、うう……」

喜三郎はおなごのような声をあげる。

「ああ、もう我慢できません。この御魔羅で、菊の女陰を塞《ふさ》いでください」

唇を引きあげ、おのが唾でぬらぬらになった魔羅に、あらためて頬ずりしつつ、お菊がそう言った。

「わかった。入れてやろうぞ。どの形がよいのだ」

「形……ですか……ああ……」

お菊がその場で四つん這いになった。むちっと熟れた白い双臀《そうでん》を、喜三郎に向けて差し出してくる。

「うしろ取りで、ください」

「わかったぞ、お菊さん」

喜三郎の魔羅がひくひくと動く。お菊も久しぶりの魔羅のようだが、喜三郎も久しぶりの女陰なのだ。

尻たぼをつかみ、ぐっと開く。すると、菊の蕾《つぼみ》がのぞく。見られているのがわかるのか、ひくひくと誘うように動いている。ふと、そこの穴に入れたくなる。

喜三郎は魔羅を尻の狭間《はざま》に入れた。先端が蟻《あり》の門渡《とわた》りを通過するだけで、お菊が、あんっ、と尻をうねらせる。

「じっとしておれ」

と、思わず、ぱしっと尻を張る。すると、はあっんっ、と後家がさらに甘い声をあげて、尻をうねらせた。

「ほらっ、動くな」

さらにぱんぱんっと尻たぼを張る。

「あんっ、もっと、ぶってくださいっ」

お菊が鼻を鳴らす。

喜三郎は鎌首を茂みに入れていった。先端にぬかるみを覚えた。割れ目が開いたままだったのだ。

そのまま、ずぶりと突き刺していく。

「いいっ」

お菊がいきなり愉悦の声をあげた。後家の女陰はどろどろで、燃えるようだ。肉の襞がいっせいにからみつき、奥へと引きずりこんでいく。

「ああ、突いてくださいっ」

喜三郎は抜き差しをはじめる。魔羅に吸いついた肉襞を引き連れ、前後に動かしていく。

「いい、いいっ……もっとっ、もっとくださいっ」

「こうかっ、お菊っ」

喜三郎は尻たぼに五本の指を食いこませ、力任せに突いていく。

「いい、いい、魔羅、魔羅っ」

お菊の背中が反ってくる。

「ほら、どうだっ」

喜三郎は調子に乗って、ぱしぱしっと尻たぼを張る。

「あんっ、それっ」

張るたびに、女陰がきゅきゅっと締まる。

「気を、ああ、また、気をやりそうですっ」

「いくがよいぞ、お菊」

とどめを刺すべく、ずどんっとえぐった。先端が子宮をたたく。

「ひいっ」

お菊の裸体ががくがくと痙攣する。もちろん、女陰も強烈に締まった。ここで出すのは武士の恥だと、喜三郎は懸命に耐える。

浪人の身ではあるが、町人から見れば、やはり喜三郎は武家なのだ。お菊は武士の肉刃《にくやいば》に貫かれることを期待しているのだ。その期待を裏切るわけにはいかぬ。

お菊ががくっと突っ伏した、女陰から魔羅が抜ける。さきほどまではお菊の唾まみれであったが、今は蜜まみれとなっている。先端から滴《したた》っている。

「はあ、ああ……やはり、お強いのですね、香坂様」

上体を起こし、お菊が反り返ったままの肉の刃をとろんとした目で見つめる。

喜三郎の顔ではなく、魔羅だけを見つめている。

「美緒さん、半年もこの魔羅で突かれていないなんて……きっと、かなりつらいはずです」

「そうかのう……」

「そうです。今宵《こよい》、夜這いをかけてください」

「奈美にも言われたぞ。しかし、心張り棒をかけているから、夜這いは無理ではないか」

「かけていません」

自分の蜜まみれの魔羅から視線を離さず、お菊がそう言う。

「かけてないとは……」

「美緒さんは待っているはずです。だから心張り棒は、はずしているはずです」

「そ、そうか……」

待っているかどうか、心張り棒の具合でわかるぞ、と喜三郎は思った。心張り棒がかけられていれば、待っていない、かかっていなければ、わしを待っている、ということになる。

「はやく、この魔羅を美緒さんに入れてあげてください。そうしないと……」

「そうしないと、なんだ」

「ほかの男の魔羅に溺《おぼ》れてしまうかもしれません」

「いや、それは……」

美緒に限ってはないだろう、と思うが、それは男の勝手な思いこみにすぎないかもしれぬ……。

「美緒さんはもう、魔羅のよさを知ってしまっているのです。半年も放《ほう》っておかれたら……こんな魔羅を見たら……我慢できなくなるはずです」

と言うと、お菊が自分の蜜まみれの魔羅をぱくっと咥えてきた。

「おうっ」

根元から強く吸われ、喜三郎はうめく。

「ああ、本手《ほんて》でください。口吸いをしながら、突いてください」

唇を引くなり、お菊は畳の上に仰向《あおむ》けになる。そしてまた、自ら両足を開き、太腿を抱えていく。茂みが天を向き、そこから真っ赤な粘膜がのぞく。

「ああ、なんて眺めだ」

喜三郎はお菊の女陰に誘われ、そこに鎌首を当てていく。

ずぶりとえぐりながら、上体を倒していく。

「あっ、ううっ、入ってきますっ、ああ、奥まで入ってきますっ」

ぶ厚い胸板でやわらかな乳房を押しつぶし、そして、お菊の唇を口で塞ぐ。

「ううっ」

口を塞いだ刹那《せつな》、女陰が万力のように締まった。喜三郎は危うく、果てそうになった。

ぐっと我慢して、腰を動かす。完全に密着しているため、あまり激しく突かなくてもよい。胸板で乳房に刺激を与え、火の息を吹きこむ。

「うう、ううっ、ううっ」

お菊も火の息を返してくる。両腕を喜三郎の背中にまわし、さらに密着度を高める。汗ばんだ肌から、むせんばかりの体臭が薫《かお》ってくる。

「ああ、ください、香坂様の精汁を、ああ、お菊にくださいっ」

「よしっ、たっぷり浴びせてやるぞっ」

と、腰の上下動に力を入れる。ずぶずぶと垂直にえぐっていく。

「あ、あああっ、あああっ、また、また、気をやってしまいますっ」

「おう、わしも出そうだっ」

「くださいっ。かけてくださいっ。子宮にくださいっ」

後家の女陰もください、と締まってくる。

「あ、ああっ、出るぞっ」

ここぞとばかりに、喜三郎は杭《くい》を打ちこむように、魔羅をたたきつけた。

「ひいっ、いくいくっ」

お菊の裸体が痙攣した。女陰も万力のように締まり、喜三郎は半年ぶりに精汁をおなごの穴にぶちまけていた。

どくどくと出しながら、やはりおなごの躰はよいものだ、と思った。

四

「いろはにほへとっ」

「ちりぬるをっ」

子供たちの元気な声が本堂に響きわたっている。

「上手《じょうず》に言えましたね」

と、美緒は子供たちに笑顔を向ける。が、どこかその笑顔にも陰りがあった。

半年前にはじめた手習い所はうまくいっていた。貧乏な親からは金を取らない方針でやっていて、はじめは大変だったが、そのうち評判となり、大店《おおだな》の子供たちも通ってくれるようになり、金銭的にも安定してきていた。

となれば、笑顔も輝くはずであったが、美緒の心は晴れやかではなかった。

ふとしたときに、祝言の場に乗りこみ、喜三郎を攫っていった初音の姿が思い出され、胸が痛む。

そもそも、この妙蓮寺の本堂で、まさしくこの場で三三九度を交わしていたときに、幸田藩の姫があらわれたのだ。

あのとき、喜三郎は初音の手を振り払わなかった。初音に腕を引かれるまま、美緒を置いて、出ていったのだ。

あれから半年経つが、喜三郎とは一度もまぐわっていない。裏長屋の隣どうしに住みつつ、口吸いさえしていない。

あのときのことを思うと胸が痛むが、と同時に、喜三郎とのまぐわいが脳裏に浮かび、躰の奥がせつなく疼くことがあった。

美緒はもう父の汚名をすすぐべく、西国の藩を捨てて、江戸に出てきた頃とは違う。生娘だった頃とは違う。

仇《かたき》を討つために、仇である元勘定方《かんじょうかた》の成瀬《なるせ》監物《けんもつ》とまぐわい、さらに、吉川《きっかわ》家の汚名返上と喜三郎の仕官のために、江戸家老《えどがろう》の間宮光之助《まみやこうのすけ》ともまぐわっていた。

もちろん、喜三郎とも何度もまぐわい、美緒の躰はおなごとしての喜びを知ってしまっていた。

これから夜ごと、喜三郎の魔羅で気をやりつづける日々が来ると思っていたのに……もう、半年も喜三郎の肌を感じていない……。

「先生っ、美緒先生っ」

呉服問屋の娘である瑞穂《みずほ》が、心配そうに美緒を見あげている。

「あっ、ごめんなさい……」

「どうしたの、美緒先生」

「なんでもないわ。さあ、次はお習字をしましょう」

と、習字の用意をさせる。すると、この妙蓮寺の住職である珍念《ちんねん》がすうっと寄ってきた。そして耳もとで、

「どうなされましたかな」

と囁《ささや》いてきた。息を吹きかけるように囁かれ、美緒はぴくっと躰を動かしてしまう。敏感な反応をしてしまい、美緒自身、驚く。

「すみません……大丈夫ですから」

美緒は珍念から逃げるように離れる。

珍念は無償で本堂を貸してくれている。利益が出るようになっても、金は取らなかった。大変助かってはいたが、ときおり、ねばついた視線を全身に感じることもあった。

そもそも、珍念は生臭坊主で近所で有名である。檀家《だんか》の後家に片っ端から手を出しているらしい。妙蓮寺で手習い所をやりたい、と言ったとき、お菊長屋の人たちは反対したのだ。

美緒さんも狙《ねら》われるわよ、と言われたが、美緒自身が毅然《きぜん》としていれば、大丈夫だと思っていた。

が、最近、美緒の躰に異変が起こっていた。珍念のねばついた視線に、腰巻の奥を疼かせるようになっていたのだ。

もちろん、珍念と深い関係になることなど、万が一もない。半年も関係はないが、美緒は喜三郎の許婚のままだし、破談にはなっていないのだ。

これも、喜三郎がまぐわってこないからだ。きっと、一度まぐわってしまえば、いや、口吸いをすれば、以前のふたりに戻れるはずだ。

ああ、喜三郎様……。

習字のときも、美緒の心は乱れていた。

その夜――四つ半（午後十一時）の鐘が鳴ると、喜三郎は寝床から出た。そっと腰高障子を開き、外に出ると、隣の腰高障子の前に立つ。

喜三郎は美緒に夜這いをかけることにした。お奈美やお菊の意見に従うことにしたのだ。

美緒の家の腰高障子に手をかける。

動いたっ。

お菊が言うとおり、美緒は心張り棒をかけていなかったのだ。これはなにより、いつでも来てください、という美緒の気持ちのあらわれだ。

喜三郎は一気に勃起させていた。今宵、美緒とまぐわい、この半年間の鬱々《うつうつ》としたものを一気に振り払うのだ。

腰高障子を開けていく。立てつけが悪く、がたっと音がする。静まり返った裏長屋に、やけに大きく響く。これでは裏長屋中に、これから夜這いをしかけます、と言っているようなものだ。

さらに腰高障子を開くと、喜三郎はするりと中に入った。すると、美緒特有の甘い匂いが、喜三郎の鼻をくすぐってきた。むさ苦しいだけの喜三郎の部屋とは、同じ九尺《くしゃく》二間《にけん》の貧乏長屋でも、匂いからまったく違っていた。

入ってすぐが土間で、向こうに四畳半があるだけだ。だから、すでに喜三郎の視界には、美緒の姿が入っていた。腰高障子には無数の穴があり、そこから月明かりが射《さ》しこんでいる。

だから、行灯《あんどん》なしでも、美緒の姿は窺《うかが》えた。

美緒は寝ていた。薄い布団をかけている。

月明かりが美緒の寝顔に当たっている。月明かりを受けて、白く輝いている。

きれいだ、とあらためて思った。ただ美しいだけではなく、気品がある。

こんなに魅力的なおなごを半年も放っておいたなんて、なんて愚かなことをしていたのだろう。初音とはもう二度と会うことはないのだ。幸田藩の藩主は彦次郎となり、先代の姫の初音は嫁に行くと聞いていた。

どこぞの藩主の正室になれば、もうまったく手の届かない存在となる。喜三郎は一介の浪人にすぎないのだ。

美緒と幸せになるのだ。美緒を幸せにすることが、これからの喜三郎の使命なのだ。

喜三郎は土間からあがった。美緒は寝ている。寝ているふりをしているだけのような気がする。

かけ布団を剝《は》いだ。はっとなった。薄い寝巻姿なのだが、胸もとが大胆に開いていた。そこから、白いふくらみがのぞいている。

「ああ、美緒……」

喜三郎は寝巻の帯を解き、前をはだけた。すると、たわわに実った乳房があらわになった。

美麗なお椀形《わんがた》のふくらみだ。乳首はわずかに芽吹いている。

喜三郎はそっと手のひらを乗せた。すると、あっ、と美緒の唇から声が洩れた。起きているのだ。寝たふりをしてるだけだ。

喜三郎はそのまま、ぐぐっと五本の指をお椀形のふくらみに埋めこませていく。

「はあっ、ああ……」

唇が半開きに開き、そこから甘い喘ぎが洩れる。

喜三郎は美緒の敏感な反応に煽《あお》られ、もう片方の乳房も鷲づかみにする。そして、ふたつのふくらみをこねるように揉みはじめる。

「はあ、ああ……あん、あんっ……」

美緒がわしの愛撫に応《こた》えてくれている。拒《こば》んではいない。

「美緒……」

と、美緒の乳房に顔を埋めていった。顔面が、美緒特有の甘い匂いに包まれる。

喜三郎はそのまま乳首を口に含むと、じゅるっと吸う。

「あ、ああ……」

喜三郎の口の中で、美緒の乳首がぷくっととがってくる。

喜三郎は口を引くと、半開きの美緒の唇に重ねていった。すると、美緒からぬらりと舌を入れてきた。両腕をあげて、着物越しの喜三郎の二の腕にしがみついてくる。

「う、うんっ、うっんっ」

舌と舌をぶつけるようにして、半年ぶりの思いを伝え合う。

「ああ、喜三郎様」

「美緒……すまなかった、美緒」

「なにもおっしゃらないでください」

と、美緒のほうから唇を押しつけてくる。喜三郎は舌をからめつつ、腰巻を脱がせていく。

「ああ、私ばかり、恥ずかしいです……」

と、美緒に言われ、喜三郎も寝巻の帯を解き、脱いでいく。そして、下帯も取った。

弾《はじ》けるように勃起した魔羅があらわれた。

「ああ、喜三郎様っ」

と、すぐさま美緒が上体を起こして、反り返った魔羅をつかんできた。愛《いと》おしむように、しごいてくる。

「あう、うう……」

美緒相手だと、しごかれるだけでも、腰がくねってしまう。

「ああ、感じます。ああ、喜三郎様の息吹《いぶき》を感じます」

ぐいぐいしごきつつ、美緒がそう言う。

「ああ、口でも感じてよろしいですか、喜三郎様」

「よいぞ、美緒」

膝立ちの喜三郎の股間に、美緒が上品な美貌を埋めてくる。ぱくっと先端を咥え、吸ってくる。

「お、おうっ」

朝方、お菊にも吸われていたが、心地よさが、あのときの比ではない。美緒の唇に包まれるそばから、魔羅がとろけていきそうだ。

美緒が根元まで咥え、うんうん、うめきつつ、美貌を上下させる。

「あ、ああ……たまらぬ……」

喜三郎はうめく。

このように気持ちよいことを、半年もやらずに生きてきたとは、なんて愚かだったのか。

美緒が唇を引いた。

「美緒もその舌で感じさせてくださいませ」

と言うと、床に仰向けになった。美緒の裸体が月明かりを受けて、神々《こうごう》しく輝く。

喜三郎は両足をつかむと、ぐっと開いた。それでも、剝き出しの割れ目は閉じたままだ。茂みの奥から誘ってくるお菊とは違う。

喜三郎は右手の指先を割れ目に添えた。

「開くぞ、美緒」

「はい……」

ぐっとくつろげる。すると、桃色の花びらがあらわれた。それは慎《つつ》ましい形をしつつも、妖《あや》しげに色づいていた。

今の美緒をあらわしていた。慎ましく生きつつも、割れ目の奥では、肉の喜びを知ってしまったおなごの疼きを持てあましているのだ。

喜三郎はそこに顔を埋めていく。

発情したおなごの匂いが、喜三郎の鼻孔を包んでくる。魔羅が勝手にひくひく動き、どろりと先走りの汁が出る。

喜三郎は舌を出すと、美緒の花びらを舐めていく。

「あ、ああ……」

今度は美緒の下半身がぴくぴくと動く。美緒の媚肉はすでに、どろどろに潤《うるお》っていた。ずっとこのときを待っていたことが窺いしれた。

待たせたな、美緒っ。これから、魔羅と女陰がすりきれるほどまぐわおうぞっ。

ぐっと割れ目を開き、おんなの穴の深くまで舌を入れていく。すると、奥の粘膜が強く締まってくる。

「うう……」

と、喜三郎がうめく。

「ああ、魔羅を……ああ、舌では……魔羅で、美緒の穴を塞いでください……ずっと空虚だった穴を……喜三郎様の魔羅で、満たしてください」

「わかったっ」

喜三郎は美緒の股間から顔をあげると、魔羅の先端を恥部に向けていく。はやくも、割れ目が閉じていた。

そこに、白く汚れた鎌首を当てる。

「参るぞ、美緒」

「はい、喜三郎様」

割れ目を突き刺そうとした刹那、喜三郎の脳裏に初音の顔が浮かんだ。それも、処女花を散らしたときの眉間《みけん》に深い縦皺《たてじわ》を刻ませた顔であった。

構わず、先端をめりこませようとしたとき、初音が瞳を開いた。

「ひいっ」

喜三郎は思わず、腰を引いていた。

「どうなさったのですか、喜三郎様」

「いや、なんでもない」

喜三郎はあらためて、先端を割れ目に押しつけた。めりこませようとしたが、めりこまない。なぜだ、と魔羅を見ると、萎えていた。さきほどまで鋼《はがね》のようであった魔羅が、どんどん縮んでいく。

まずいっ、と強くこすりつけるものの、あせればあせるほど萎えていく。

「喜三郎様……初音さんですね」

と、美緒が言った。

「いや、違う……違うのだっ。ああ、吹いてくれないかっ、尺八を吹いてくれれば、すぐに……」

「初音さんが心にある限り、大きくなりません」

そう言うと、美緒は裸のまま背中を向けた。

「美緒……」

喜三郎はおのが手で魔羅をしごいたが、一度萎えたものは大きくならなかった。

第二章　嫁入り前の箱入り娘

一

「うわあ、すごい滝ですねっ、香坂様っ」

「そうであるな」

喜三郎はつきそいの仕事で、王子《おうじ》に来ていた。

滝浴《たきあ》みだ。王子には滝浴みに適した滝がたくさんある。だから、季節になると、滝を浴びに江戸中から集まってくるのだ。

呉服問屋の大店《おおだな》である真中屋《まなかや》の娘ふたりが、ぜひとも滝を浴びたいと言い、主《あるじ》が喜三郎を雇ったのだ。滝はおなごの場合、浴衣《ゆかた》の上から浴びる。水に濡れた浴衣はべったりと躰《からだ》に貼《は》りつき、色香が増す。

よからぬことを思う男たちに襲われないように、喜三郎をつけたのだ。

「気持ちよさそうですねっ」

と、長女の一花《いちか》が声を弾ませる。もうすぐ十九になる。品のいい美貌《びぼう》を誇り、当然縁談は引きも切らなかったが、なぜか断りつづけている。もしや、男嫌いなのでは、という噂《うわさ》まで流れていた。紺《こん》の浴衣が似合っている。

「さっそく浴びましょう。どれがいいかな」

と、甘い声をあげるのは、次女の比奈《ひな》だ。一花よりふたつ下で、とても愛らしい顔をしている。なにより、乳が豊かだった。一花も大きかったが、比奈はかなりの巨乳だと、喜三郎は踏んでいた。淡い桃色の浴衣が似合っている。

王子には滝が十三本あった。中央に、いちばん大きな滝がある。物すごい勢いで滝が落ちている。そこは滝を浴びるというより、打たれるという感じで、褌《ふんどし》一丁の男たちしかいなかった。

「あれがいいかな」

と、比奈が三つ隣の滝を指さす。手頃な感じの勢いだった。同じことを考える者が多く、いちばん賑《にぎ》わっている。

「これを、預かっていてください」

と、一花と比奈が着がえの入った袋を喜三郎に手渡す。滝を浴びたまま、ずぶ濡れの浴衣姿で歩いているおなごもけっこういたが、大店の箱入り娘がそんな姿で外を歩くわけにもいかない。

一花と比奈が手を繋《つな》いで、滝へと向かっていく。

勢いよく流れ落ちてくる滝のそばまで近づく。まわりには、褌一丁の男たちもけっこういるが、ずぶ濡れの浴衣姿のおなごたちもいて、一花と比奈が目立つわけではなかった。

比奈が先に滝の真下に立った。すぐさま、ずぶ濡れになる。

「ひゃあっ」

と、比奈がはしゃぐ。姉さんも、と手招きする。一花がこちらを見る。喜三郎がうなずくと、一花も滝の下に入る。

そのとき、喜三郎の視界に、白い浴衣のおなごが飛びこんできた。

白は濡れると透けるゆえに、着るおなごはあまりいなかった。実際、そのおなごの浴衣はすぐに透けて、べったりと貼りついた。

乳房の形が透けて、喜三郎は目を見張る。

そのおなごが透けた乳房の前で手を小さく振った。おなごはこちらを見ていた。

初音どのっ……まさかっ……。

乳を透かせたおなごは、幸田藩の姫の初音に似ていた。いや、初音そっくりであった。

しかも、喜三郎に手を振っていた。

あれは、初音だっ。なにゆえ、ここにっ。あっ、なんとっ。

初音は腰巻をつけていなかった。裸の上から白の浴衣を一枚着ているだけだった。恥部にべったりと貼りついた布に、黒い陰りが透けて見えている。

なんてことだっ。

喜三郎は勃起させていた。初音は三つ隣の滝から出ると、ふたつ隣の滝へと移っていく。

喜三郎の視線は、初音に釘《くぎ》づけだった。

すると、きゃあっと三つ隣の滝からおなごの悲鳴があがった。

ふたつ隣の滝から見ると、一花と比奈が褌一丁の男たちから逃げていた。一花が追いつかれ、ざぶんと顔から池に突っこむ。

「姉さんっ」

と、逃げるのをやめて、一花を助けるべく戻る比奈に褌一丁の男たちが群がっていく。

「やめろっ。離れるのだっ」

喜三郎は着物姿のまま、滝へと入った。腰から大刀《だいとう》を抜くなり、峰に返し、比奈に抱きつく男たちの肩を次々と打っていく。

ぐえっ、と男たちが崩れていく。

「香坂様っ、姉さんをっ」

一花はふたりの男たちに抱えあげられて、運ばれようとしていた。

「下ろせっ」

喜三郎は駆けより、男たちの腹を峰で払っていく。ぐえっ、と男たちが崩れ、一花が落ちてくる。すばやく大刀を鞘《さや》に納めた喜三郎は、一花を抱き止めた。

「ああ、香坂様」

一花はしっかりと喜三郎にしがみつき、そして唇を喜三郎の口に押しつけてきた。

「ひゃあっ」

と、比奈が驚きの声をあげ、まわりの滝浴み客が、拍手をしはじめる。

一花がはっとした表情を浮かべ、さっと唇を引いた。

「ごめんなさい……いえ、ありがとうございました……ああ、ごめんなさい」

一花は真っ赤になっている。

「姉さん、香坂様が好きなんでしょう」

と、そばに寄ってきた比奈が聞く。

「えっ、いや、違うの……助けていただいて、つい……唇が……動いていたの」

喜三郎にしがみついたまま、一花がそう言う。滝を受けた一花の髷《まげ》は乱れ、美貌のあちこちに乱れ髪が貼りついていた。

震えがくるほど色っぽく、男たちがふと手を出したくなるのもわかる。

「だから、お見合い、断っていたのね」

と、比奈が言い、

「なに、言っているのっ」

と、一花があわてる。首筋まで真っ赤になっている。そしてしがみついたまま、離れようとしない。

「香坂様、姉さんを下ろして。今度は比奈を抱きしめてください」

と、妹がとんでもないことを言い出す。

「えっ……」

「比奈も抱きつきたいのです」

「比奈、なにを言っているのっ」

一花はさらに強く、喜三郎にしがみつく。再び、唇が迫る。あっと思ったときには、再び一花が唇を押しつけていた。

襲われたところを助けてもらい、かなり昂《たかぶ》っているようであった。

「姉さんだけなんて、ずるいよっ」

と、比奈が喜三郎に抱きついてくる。

なんてことだ。抱き取った一花と口吸いをしつつ、妹に抱きつかれている。

そうだっ。初音はっ。

喜三郎は一花から口を引き、隣の滝に目を向ける。白い浴衣のおなごはいなかった。

「どうしたのですか。誰か来ているのですか」

喜三郎の視線に気づき、一花が問う。

「いや、なんでもない。とりあえず、着がえよう」

そこで、着がえの入った袋を手放していることに気づいた。

「袋がないっ」

「あっ、あそこにっ」

三つめの滝の真下に、着がえを入れた袋が浮いていた。

「取ってきますっ」

と、比奈が滝の下へと向かう。

淡い桃色の浴衣がぴたっと尻に貼りついている。

おうっ、と喜三郎はうなった。比奈は腰巻をつけていなかったのだ。見事な盛りあがりを見せている尻の形が浮きあがっているのだ。

「比奈さん、腰巻をつけておらぬぞ」

「私もつけていません、香坂様」

相変わらずしがみついたまま、一花がそう言う。

「そうなのかっ」

と、一花のずぶ濡れの浴衣姿をあらためて見ようとするが、しがみつかれているから、よくわからない。が、乳首のぽつぽつが浮いているのがわかった。

「ああ、そんなにご覧にならないでください……恥ずかしいです」

浴衣一枚で王子まで来て、滝を浴びつつ、恥じらっている。

袋は滝の真下にあった。比奈が再び滝を浴びつつ、袋を取る。そして、こちらを向いた。

淡い桃色ゆえに、乳房の形がもろにわかる。なにより、比奈は巨乳であった。愛らしい顔立ちで豊満な乳は、かなりそそる。

これでは、襲ってください、と言っているようなものである。

比奈は滝浴みに来た男たちの視線を一身に集めて、こちらに戻ってくる。

べったりと貼りついた浴衣ごと、乳房が悩ましく揺れている。

「ああ……比奈さん……」

「もう、香坂様も大きなお乳がお好きなのですか」

と、一花が言う。

「いや、そういうわけではないぞ。それに、一花さんの乳もなかなかなものだ」

思わず、そう言ってしまう。

「えっ、私のお乳、いつ見ていたんですかっ」

「いや、違うのだ……なんとなくだ」

「いつも、おつきそいのとき、私のお乳、見ていたのですね」

「いや、そういうわけでは……」

「うれしいです」

とまた、一花のほうから唇を押しつけてくる。

こんなに積極的なおなごとは思ってもみなかったし、積極的なのは年増《としま》だけだと思っていたが、生娘《きむすめ》でもそうなのか。

「ああ、ずるいっ」

と言いながら、比奈が駆け寄ってくる。さらに胸もとの揺れが大きくなる。

「替えの浴衣もずぶ濡れです」

と、比奈が言う。

「そうか。乾かさないとな。どこか、休めるところに行こうぞ」

と言って、喜三郎は一花を下ろす。すると、比奈が迫り、

「私も」

と、喜三郎に唇を押しつけてきた。

なんとっ、と目をまるくさせて、妹の唇も喜三郎は受ける。

「なにしているのっ、比奈。子供には、はやいわっ」

「比奈、もう子供じゃないよっ」

と、比奈が頬《ほお》をふくらませる。その表情がかわいい。

「行きましょう、香坂様」

と、一花が手を繋ぎ、引っ張りはじめる。すると、比奈がもう片方の手を握っ

てくる。

なんてことだ。おなごふたりと手を繋いで歩いている。西国の藩では考えられなかったことだ。やはり、江戸のおなごは大胆だ。

二

喜三郎の視界に、白い浴衣のおなごが入ってきた。

「初音どのっ……」

と、思わず名を呼ぶ。

「初音……どの……って……」

初音は離れたところから、こちらを見ている。ずぶ濡れの浴衣が貼りつく姿は、なんとも妖艶《ようえん》である。

あれから半年経《た》って、おんなっぷりが一段とあがったように見受けられた。

「あのきれいな方ですか」

と、一花が初音を指さす。

「いや、なんでもないのだ」

「うそ……香坂様の思い人なのですね」

と、比奈が言う。

「そういうおなごではないっ」

と、思わず大声をあげてしまう。

「やっぱりそうなんですね」

比奈がなじるように、喜三郎を見つめている。姉妹は喜三郎に美緒という許婚《いいなずけ》がいることとは知らない。

初音は離れた先で、じっと喜三郎を見つめていた。が、はっとした表情を浮かべると、あわてて身を翻《ひるがえ》した。

どうしたのだろう、と案じていると、喜三郎の背後よりふたりの町人ふうが駆けていくのが見えた。走り方が、まさに武士だった。

どうやら、初音には見張りがついているようだ。見張りをかわして、喜三郎におのが姿を見せたのだろう。

誰が見張りをつけているのか。彦次郎か。いや、彦次郎はすでに藩主となっている。初音を見張る必要などないであろう。となると、見合いをした相手か。

初音は縁談を断ったのだろうか。それとも、見合い相手が初音の動向を知りたくて、見張らせているのか。わからない。

「あそこで、休みましょう」

と、一花が一軒の店を指さした。休憩処というとても小さな看板が出ている。

「あそこは、ならんぞ」

「どうしてですか。休憩処とありますよ」

「あそこは出合茶屋《であいぢゃや》だ」

「まあ……」

大店の姉妹でも、出合茶屋がどんなことをするところかは知っているようだ。

「でも別に、まぐわうわけではありませんから」

と、比奈が言う。

「そうね」

一花は、はしたない言葉を使った妹を叱責《しっせき》することなく、うなずく。そして、
行きましょう、香坂様、と休憩処に向かう。

入る前に、喜三郎は振り返り、初音を探した。が、もう初音の姿はなかった。

「さあ、思い人のことは忘れて、入りましょう。浴衣を乾かして、着がえないと、
風邪を引いてしまいます」

確かにそうだ。風邪を引かれては困る。

訪《おとな》いを入れると、主人らしき男が出てきた。ふたりの娘を連れた喜三郎を見て、

「お武家様、お盛んですね」

と言ってくる。違うのだ、と説明するのも面倒で、喜三郎は無視した。こちらにどうぞ、と主人が狭い階段をあがっていく。そのあとを、一花、比奈と続く。浴衣は乾きつつあったが、相変わらず、べったりと美人姉妹の躰に貼りついている。

姉妹相手になにをするつもりもなかったが、こう見せつけられると、下帯《したおび》の中がむずむずする。しかも、初音の透けすけの姿も目にしているのだ。

二階にあがった。狭い廊下を挟んで、六つの部屋がある。右手から、

「あ、ああっ、魔羅《まら》、いいっ」

と、おなごのよがり声が聞こえてきた。

先頭を歩く一花が、はっとしたそぶりを見せる。左手からも、

「気をやりそうっ。ああ、もっと突いてっ」

と、切羽《せっぱ》詰《つ》まったおなごの声がする。

そんななか、いちばん奥の部屋に案内された。

「いちばん広いお部屋です。おふたり相手でもお楽しみになれますよ」

にやにやしつつ、主人が下がる。

中に入ると、四畳半の部屋が待っていた。一花が奥の襖《ふすま》を開くと、緋色《ひいろ》のかけ布団が目に飛びこんできた。

淫猥《いんわい》な雰囲気に、一花も比奈も黙る。

「乾かそうぞ」

と、袋から替えの浴衣を取り出す。

そして衣紋《えもん》かけにひろげて、ふたつの浴衣をかける。

「着ている浴衣も脱ぐがよい。わしは廊下に出ておるゆえ、案じることはない」

と言うと、喜三郎は四畳半から出た。廊下であぐらをかく。

これでよい。これで、間違いが起こることはない。

「あ、ああっ、いい、いいっ」

真正面の部屋からおなごのよがり声が聞こえてくる。右手からも、別のおなごの声がする。みな、競うようによがっている。

――いい、いいっ、女陰《ほと》、いいっ……魔羅、いいのっ。

真正面や右手のおなごのよがり声が、初音のよがり声に変わっていく。半年前のことだったが、つい昨日のことのように思い出される。

美緒相手に夜這《よば》いをかけたが、初音の恥態が脳裏に浮かび、入れる直前で、萎《な》えてしまった。夜這いをかけながらも、ことを遂げられなかったことは、お菊長屋中に知れわたっているはずだ。

まずい。なんとかしないと、まずい。

うんうんうなっていると、きゃあっと背中から一花の声がした。

なにごとだっ、と喜三郎は立ちあがり、戸を開いて、中に入った。一花と比奈が立っていた。ふたりとも生まれたままの姿であった。

そしてすぐさま、喜三郎に抱きついてきた。左右からたわわな乳房を押しつけてくる。

「なにをするっ」

「香坂様っ、ずっとお慕《した》いしておりましたっ」

と、一花が言い、

「比奈もお慕いしていましたっ」

と、比奈も告白する。

「どうしたのだっ。襲われて助けられて、昂っているだけだ。落ち着くのだ、ふたりとも」

「落ち着いています」

　と言いつつ、一花が喜三郎の腰から鞘ごと大刀を抜く。いかん、と手を伸ばすと、比奈が着物の帯に手をかけ、解《ほど》いてくる。姉妹の見事な連携だ。

　一花は大刀を四畳半の隅に置き、乳房を揺らし、迫ってくる。乳の揺れに気を取られていると、比奈の手で着物の前をはだけられ、下帯を脱がされていく。

「ならんっ」

　止める前に、下帯を取られた。勃起した魔羅があらわれる。

「あっ、すごいっ」

　はじめて魔羅を目にしたのか、比奈が目をまるくさせる。

　一花も信じられないといった顔をしている。

「これが、そなたたちの女陰に入るのだ。痛いだけだぞ」

　驚いたふたりに、喜三郎は肉の刃《やいば》をしごいて見せる。太さに恐れて、怖《お》じ気《け》づいてくれれば、それでよい。

　一花が白い手を伸ばしてきた。

　反り返った魔羅の胴体を恐るおそるつかんでくる。

「あっ、大丈夫よ。握っても大丈夫」

一花が妹にそう言う。

すると、比奈も恐るおそる手を出してきた。

一花が胴体から手を放すと、つかんでくる。

「あっ、硬い……こんなものを、ずっと下帯の中にしまっていたのですか」

「いや、違う。ふだんは、小さいのだ」

「うそです」

比奈がゆっくりとしごきはじめる。と同時に、一花は先端を手のひらで覆《おお》ってきた。胴体を妹に譲ったから、先端を覆ってきただけなのだろうが、同時に刺激を受けて、喜三郎は思わず、腰をくねらせてしまう。

「あっ、今、腰を動かしましたよね、香坂様」

「いや、動かしてはおらぬ」

「そうですか。おなごみたいに、腰を動かしましたよね」

と言いつつ、一花が手のひらで、鎌首《かまくび》を撫《な》ではじめる。比奈はずっと胴体をしごいている。

「う、うう……」

喜三郎はまたも、腰をうねらせた。気持ちよくて、じっとしていられなかった。

なにせ、相手は裸の美人姉妹なのだ。

比奈の乳房は豊満で、見ているだけで、むずむずしてくる。もちろん、一花の乳房も大きかった。

「手のひらが、なんかぬらつく」

と言って、一花が鎌首から手を引いた。すると、我慢汁が糸を引く。

「あっ、出したのですかっ。これは精汁ですかっ」

と、一花が叫ぶ。

「いや、違うのだ。それは我慢の汁なのだ」

「我慢のお汁……香坂様、今、我慢なさっているのですか」

と、比奈が聞く。

「そ、そうではないが……」

「我慢なさらないでください。出したいのなら、出してください。私たちは構いませんから」

と、一花が言い、再び先端を手のひらで包み、撫でてくる。

我慢汁をひろげる形となり、しかも、それが潤滑油《じゅんかつゆ》の働きを帯びて、ますます感じてしまい、ますます我慢汁を出してしまう。

「我慢のお汁、舐《な》めてあげたら、いいんじゃないのかな、姉さん」

と、比奈が言う。

「そうね。きれいにしてさしあげましょう」

そう言うなり、一花と比奈がその場にしゃがんだ。そして、美貌を同時に寄せてくる。

一花と比奈の美貌を前にして、あらたな我慢汁がどろりと出てしまう。

それを見て、あっ、と一花と比奈が同時に桃色の舌を出して、ぺろりと舐めてきた。姉と妹の舌先が触れ合ったが、それには構わず、懸命に我慢汁を舐め取ってくる。

「あ、ああ……ならん……このようなことは、ならんぞ」

喜三郎はつきそいという形で一花と比奈を真中屋の主人から預かっているのだ。ふたりとも嫁入り前の箱入り娘である。裸体を目にしているだけでも、罪なのだ。そのうえ、我慢汁を舐めさせているなんて、つきそいとしては失格である。

やめなければ……はやく、魔羅を引かなければ……。

腰を引こうとしたら、だめっ、と一花がぱくっと鎌首を咥《くわ》えてきた。

「ううっ」

先端を一花の唇に包まれ、喜三郎はうなる。

一花は鎌首を咥えたままで、吸ってくる。恐らく、我慢汁を吸っているのだろうが、鎌首に強烈な刺激を覚え、喜三郎は腰を震わせる。

「ああ、すごく動いていますよ、香坂様。そんなに気持ちいいのですか」

と、比奈が聞いてくる。

「あんっ、比奈も咥えたい」

と、比奈が言い、一花が唇を引いた。

鎌首からは我慢汁が消えて、一花の唾《つば》まみれとなっている。

それを、比奈はためらうことなく、咥えてくる。

「ううっ、ならんっ……ああ、嫁入り前のおなごが……あああ、むやみに魔羅を吸ってはならんぞっ」

「むやみではありません。お慕いしている香坂様の魔羅だから、お清めしているのです」

と、一花が言い、比奈は鎌首を吸ったまま、うなずく。

「暴漢から助けられて、勘違いしているのだ。そなたたちには、お似合いの男たちがいるだろう。わしのような男の魔羅を吸ってはならぬぞ」

比奈が反り返った胴体まで咥えはじめる。

「ううっ、ならんっ」

と言いつつも、喜三郎はもう腰を引かなかった。いや、引けなかった。どろりと大量の我慢汁を比奈の口に出している。

一花が立ちあがった。唇を寄せてくる。ならぬ、と動く口に、大店の娘のやわらかな唇が押しつけられる。そして、ぬらりと舌を入れてくる。

なんてことだ。長女と口吸いをしつつ、次女に尺八《しゃくはち》を吹かれている。しかも、ふたりとも生娘なのだ。魔羅も、さきほどはじめて目にしたばかりなのだ。

それでいて、この積極さはなんだ。姉妹の連携も素晴らしい。おなごというものは、生来このような資質を持っているのか。

「うんっ、うっんっ」

比奈の美貌が激しく上下に動きはじめる。と同時に、一花の舌がねっとりとからんでくる。

「う、うう……」

いかんっ。

このままでは比奈の口に出してしまいそうだ。それはならん。いや、出したほうがよいかもしれぬ。凄《すさ》まじい飛沫《しぶき》を口で受けて、いやになるはずだ。そうだ、それがよい。

喜三郎は精汁を出すべく、自分のほうからもねっとりと一花の舌におのが舌をからめていく。そして、舌を吸っていく。

「はあっ、うう、うんっ」

火の息が吹きこまれる。甘い息だ。

「う、ううっ」

出そうだっ、と喜三郎は比奈に告げるも、言葉になっていない。

比奈の口の中で、魔羅がぐぐっと膨張した。

三

次の刹那《せつな》、どっと爆《は》ぜた。

「うっ、ううっ」

比奈がうめいた。一花がはっとして唇を引き、妹を見る。

「おう、おうっ」

喜三郎は吠《ほ》えていた。どくどくと、比奈の喉にぶちまけていく。

比奈は最初は愛らしい顔を歪《ゆが》めたが、そのまま喉で受け止めている。

「えっ、出したのですか。えっ、比奈、お口で受けているのっ」

一花はしゃがみ、なおも喜三郎の飛沫を受けつづける妹を見つめる。

ようやく、脈動が鎮《しず》まった。喜三郎が魔羅を抜くと、どろりと唇から精汁があふれてくる。

すると驚くことに、一花が美貌を寄せて、妹の唇から垂れていく精汁を舌で受け止めたのだ。

「一花さん……」

比奈はあごを反らし、精汁があふれ出すのを防いだ。一花は受けた舌を口に入れると、ごくんと喉を動かした。

「一花さん、まさか、飲んだのか」

「比奈も飲みなさい。香坂様が出してくださったものよ、大切に飲みなさい」

一花がそう言う。

すると、比奈は素直にうなずき、ごくんと喉を動かした。

「おいしかったです、香坂様」

と、はにかむような表情で、比奈が見あげている。

たっぷりと出して萎えつつあった魔羅が、ひくひくと動く。

「いいなあ。一花も、もっとたくさん飲みたいです、香坂様」

そう言うなり、一花が魔羅にしゃぶりついてきた。精汁まみれにもかかわらず、根元まで咥えこみ、吸ってくる。

「う、ううっ」

喜三郎はうめき、腰をくなくなさせる。比奈の口に出して、いやにさせようと思ったが、もくろみははずれてしまった。むしろ、口で受けていない姉に火をつけてしまった。

比奈が立ちあがり、豊満な乳房を喜三郎の胸板に押しつけてくる。そして、唇を重ねてきた。

「うっ、ううっ」

美人姉妹による二所責めの連続に、喜三郎は圧倒されていた。

一花も比奈も汗ばみ、四畳半が甘い匂いに包まれていく。一花と比奈の匂いは微妙に違う。

「ああ、大きくなってきました。一花にも出してくださいますよね、香坂様」

反り返った魔羅を見つめ、一花がそう聞く。

「いや、今出したばかりでな……次はすぐには……それに、そもそも、そなたたちは大切な箱入り娘であるぞ。これ以上はならん」

そう言うと、一花が大きな瞳に涙をあふれさせた。

「一花のことがお嫌いなのですね。比奈には精汁をあげたのに、一花に飲ませる精汁はないのですね」

「違うぞっ。誤解だ、一花さんっ」

「じゃあ、一花にもくださいますよね」

「精汁など飲むものではないぞ」

「ああ、やっぱり、一花にはあげたくないのですね」

涙の雫《しずく》が優美な頬を伝っていく。

「姉さんにも精汁を飲ませてあげてください、香坂様」

豊満な乳房を胸板にぐりぐりこすりつけつつ、比奈も哀願する。

「わかった。飲ませるから、それで終わりにしよう。よいな」

はい、と一花がうなずき、小指で涙の雫を拭《ぬぐ》う。

そして再び、魔羅にしゃぶりついてくる。品のよい美貌を前後に動かすも、たった今出したばかりで、すぐに二発目というわけにはいかない。

が、生娘のふたりは、そんな男の都合などわからない。

「ああ、やっぱり、出すのを惜しんでいらっしゃるのですね」

「違うのだ。惜しんでいるのではない。すぐには無理なのだ」

「欲しいです」

と、一花はみたび咥え、根元から吸ってくる。と同時に、比奈が乳房を押しつけながら、舌を入れてくる。

「う、ううっ、うう」

ずっと美人姉妹に責められて、喜三郎はくらくらとしていた。

一花の口に出さないと、ゆるしてもらえそうにない。不思議なもので、出さなければならない、と思うと、出ないのだ。

「肛門を……」

と、思わず言ってしまう。

「えっ、肛門を舐めたら、姉さんに出すんですか」

と、比奈が聞く。

「そ、そうだな……」

尻の穴など舐められません、と怒り出すかと思ったが、比奈は、はい、と素直にうなずくと、喜三郎の背後にしゃがんだ。尻たぼをぐっと開くと、顔を埋《うず》めてくる。

肛門に、比奈の息を感じた。それだけで、喜三郎は腰を震わせてしまう。

「ううっ」

と、一花がうめいた。唇を引くと、魔羅がひとまわり太くなっている。

「今、ぐっと大きくなりました」

「そうか……」

「まだ、お舐めしていないのに」

と、比奈が言う。

「肛門というのは、そんなに感じるものなのですか」

と、一花が聞いてくる。

「わからぬ。だが、夫婦《めおと》になった相手の尻を舐めてはならんぞ」

「どうしてですか」

「いや、ならん」

わかりました、と言うなり、比奈がぺろりと喜三郎の肛門を舐めてきた。

「あぁっ……」

と、おなごのような声をあげてしまう。一花の鼻先で、魔羅がひくつく。

「すごいです。もっと、舐めてあげて、比奈」

と、一花が言う。箱入り娘というのは、なにも知らないゆえに、かえって大胆になるものか。

比奈がぺろぺろ、ぺろぺろと、まったくためらうことなく、喜三郎の肛門を舐めてくる。

「あ、ああ……」

恥ずかしながら、うめき声が止まらない。

「ああ、お汁が出てきましたっ」

一花がうれしそうな声をあげ、先端をぞろりと舐めあげてくる。

「ううっ……」

魔羅と肛門への、美人姉妹による責めに、喜三郎は腰をうねらせつづける。

一花がぱくっと鎌首を咥えてきた。それに合わせるかのように、比奈がとがらせた舌先を肛門の中にねじこんでくる。これがたまらない。

「おうっ、ううっ……」

喜三郎がうめく。まわりの部屋からはおなごたちのよがり声が聞こえていたが、ここだけは、喜三郎がうなっている。

一花の美貌が再び、激しく動きはじめる。

「うんっ、うっんっ……」

真《まこと》に、精汁を喉に欲しいようだ。そのこと自体、信じられない。

「あ、ああ……出るぞっ、ああ、出るぞ、一花さんっ」

一花は深々と咥えて、うなずく。比奈の舌は肛門にねじこまれたままだ。

魔羅だけではなく、腰まわり全体が、とろけそうになる。

「あっ、出るっ」

と叫び、一花の喉に放った。

「おう、おう、おうっ」

喜三郎は雄叫《おたけ》びをあげつつ、美人姉妹の姉の口に精汁をぶちまける。

「う、うう……」

一花も最初は美貌をしかめたが、すぐに、うっとりした表情を見せ、喜三郎の礫《つぶて》を受けている。

なんて素晴らしい姉妹なのか。ふたりともよい嫁になるだろう。

脈動が鎮まった。喜三郎が魔羅を抜くと、鎌首の形に開いたままの唇から、精汁がこぼれる。それを、一花が手のひらで掬《すく》った。

尻の穴から舌を引いた比奈が、姉のそばに寄り、手のひらの精汁を舐め取っていく。

「うう……」

それを見て、喜三郎はうなる。

一花が喜三郎を見つめつつ、ごくんと喉を動かした。

「どう、姉さん、香坂様のお味は」

と、比奈が聞く。

「おいしい。すごくおいしいです、香坂様。また、一花と比奈に飲ませてくださいね」

と言った。

四

日暮れ前に、呉服問屋にふたりの姉妹を送り届けた。

主人の辰右衛門《たつえもん》にていねいに礼を言われたが、尻の穴がこそばゆかった。もちろん、一花と比奈はなにごともなかったように、いつもと変わらぬ様子で、滝浴みの話を楽しそうに辰右衛門にしている。

そんなふたりを見ながら、出された和菓子を食べ、そして失礼する、と真中屋を出た。

すると、香坂様っ、と声がかかり、振り向くと、一花と比奈が店の前で手を振っていた。そのとき、唇が、飲みたい、と動いているのに気づき、魔羅が疼いた。

真中屋を離れると、初音の姿が脳裏に浮かぶ。半年ぶりに目にした初音は、女っぷりがあがっていた。あれから、誰かとまぐわっていることはないだろうから、一度のまぐわいで、色香がにじみはじめたことになる。

お菊長屋に戻るべく両国《りょうごく》のほうに向かっていると、日が暮れてきた。と同時に、一膳飯屋《いちぜんめしや》や飲み屋の行灯《あんどん》が浮かんでくる。

「あら、香坂様じゃないの」

と、一軒の飲み屋から出てきたおなごに声をかけられた。目を見張るような美形であった。初音に似ていた。

いや、まさか、初音っ。

おなごは町娘のなりをしていた。

「ちょっとつき合いなさいよ」

と、初音似のおなごに手をつかまれ、そのまま飲み屋に引きずりこまれた。

飲み屋は半分ほどの入りだった。美人の町娘に引っ張りこまれた喜三郎を、客がうらやましそうに見ている。

「初音どの……か……」

と聞くと、初音似のおなごは、喜三郎の口にしいっと言うように人さし指を当ててきた。それだけでも、どきんとした。

初音似のおなごは狭い階段をあがっていく。手は繋いだままだ。

小袖《こそで》の裾《すそ》からのぞくふくらはぎの白さに、下帯の中が疼く。処女花を散らしたときのことが、生々しく蘇《よみがえ》る。

二階にあがると、廊下にあずみがいた。あずみは初音つきの忍びだ。いつも陰から見守り、初音のために動いている。あずみも町娘のなりをしていた。

「ご無沙汰《ぶさた》しています、香坂様」

と、廊下に片膝《ひざ》をつき、頭を下げる。うなじがのぞき、匂うような色香にぞくりとする。

「こちらに」

と、すぐに立ちあがり、いちばん奥の部屋の襖を開いた。

初音が入り、喜三郎が続く。あずみは廊下から襖を閉めた。

「今日は王子で楽しんでおられたようですね、喜三郎様」

腰から鞘ごと大刀を抜き、差し向かいに卓を挟んで座ると、初音がそう言った。

「いや、あれはつきそいの仕事なのだ……」

「半年の間、おなごひでりかと案じておりましたが、心配して損しました。たまっておられると思って、私なりに気を使ったのですよ」

「あの透けすけの浴衣のことであるな……」

「はい……恥ずかしかったです」

と、初音が頬を赤らめる。

「美緒さんとはどうなのですか」

「あれから、一度もまぐわっておらぬ……」

「そうなのですか。申しわけありません、自分勝手に動いてしまって。でも、どうしても、あのとき喜三郎様の魔羅で、おなごになりたかったのです。処女を捧げたことに後悔はありません」

「そうか……」

「それに今、役立っています」

「姫なのに、生娘でなくなったことが、役に立っているとは……」

「見合いの話が来たのです。信州黒崎藩五万石の若殿がお相手です」

「五万石。よい話ではないか」

「はい。だから、最初は受けたのです。けれど、お会いする頃になって、叔父上が……」

「彦次郎様が藩主におなりになったのであるよな」

「はい。心を入れかえて、民のための政《まつりごと》に専念しておられたのですが、このところまた、おなご好きの病気が出てきて、政を国家老に任せて、また国に自分のためだけの吉原《よしわら》を作ると言っているのです」

「なんと」

「これでは、国のことが心配で、嫁《とつ》ぐことなどできません。だから、相手の若殿に、真のことを告げたのです」

「真の、こと……」

「もう、生娘ではないこと……喜三郎様の精汁を子宮《こつぼ》に浴びたこと……口吸いをしたこと、尺八を吹いたこと……すべて、お話ししたのです」

「な、なんと……若殿はどうなされたのだ」

「婚姻の話は断ってくると思いました。けれど、違っていたのです」

「というと……」

「生娘でなくても、子宮に浪人者の精汁を受けていても……」

「浪人者……」

「尺八を吹いていても、構わない。すぐに輿入《こしい》れをしてほしい、と言ってきたのです」

「そうなのか。まあ、そうであろうな」

半年ぶりに向かい合っている初音は、その美貌にますます磨きがかかっていた。

一度だけ精汁を浴び、おなごの色香もにじんできている。男なら誰でも、そばに置きたいと思うだろう。

「あの町人のなりをした輩《やから》は、その若殿がつけた見張りなのだな」

王子で、透けすけの浴衣姿の初音を追う、ふたりの町人たちのことだ。

「はい。今、私は上屋敷《かみやしき》にいます。上屋敷からも、叔父上の監視が厳しくて、なかなか自由に出られないのです」

「彦次郎様も監視を」

「はい。喜三郎様とまた通じることをいやがっておられるのです」

「わしと……また、通じる……」

喜三郎の脳裏に、初音の裸体が浮かぶ。よがり顔が浮かぶ。

「叔父上は、私をはやく他藩に嫁がせたいのです。私が嫁に行ってしまえば、もう、幸田藩で叔父上に意見する者はいなくなりますから」

「嫁がなくて、どうするつもりなのだ」

「このまま、また叔父上がおなごにうつつを抜かすようなら、藩主の交代を求めます」

「初音どのが婿《むこ》を取って、藩主に据えるということか」

「はい」

と、初音はしっかりとうなずく。

「黒崎藩の若殿である高時様なら、幸田藩の藩主にふさわしいと思っています」

「五万石の若殿が、二万五千石の藩に来るとは思えぬな」

「はい……」

初音が喜三郎をじっと見つめている。

「喜三郎様は、美緒さんと、どうなさるおつもりなのですか」

「許婚のままだ……」

「そうですか」

初音が卓の前を離れた。こちらににじり寄ってくる。

「お会いしたかったです、ずっと……」

と言うなり、初音が磨きのかかった美貌を寄せてきた。初音からの口吸いを避けられる男ならぬ、と避けようとしたが、無理だった。初音からの口吸いを避けられる男がいたら、会ってみたいものだ。

初音の唇が喜三郎の口に重なった。

喜三郎は口を閉じていたが、唾が欲しい、とすぐに開いてしまう。すると、ぬらりと姫の舌が入ってくる。

「うんっ、うっんっ」

甘い息を吹きこみながら、初音がねっとりと舌をからませてくる。半年ぶりの舌は、とろけるように甘い。

初音が喜三郎の手を取り、身八《みや》つ口《くち》へと導く。ならぬ、と手を引こうとしたが、これまた無理であった。

そのまま中に手を入れていく。すると、指先が乳房に触れる。

初音は肌襦袢《はだジュバン》を着ていなかった。端《はな》から、こうして乳を委《ゆだ》ねるつもりで待っていたのだ。

喜三郎は豊満な乳房を脇からつかむ。ぷりっとした感触に、どろりと先走りの汁を出してしまう。もちろん、初音がにじり寄ってきたときから、喜三郎の魔羅は下帯の中で暴れていた。

「ああ、もどかしいです」

と言うなり、初音は自らの手で、小袖をぐっと剥《む》き下げた。もろ肌脱ぎとなり、たわわなふくらみがこぼれ出た。

「初音どの……」

初音の乳房はこの半年でひとまわり豊かになったようであった。淡い桃色の乳首がつんととがっていく。

「大きくおなりではないか」

「はい……喜三郎様の精汁を子宮に浴びて、大きくなったのです」

「わしの精汁が……」

たった一度であったが、姫様にとっては、その一度が大きかった。

喜三郎は手を出していた。揉《も》んではならぬ、と思っても、手が伸びていた。

ふたつのふくらみを、ふたつの手でむんずとつかんでいく。

「はあっ……」

とがった乳首が手のひらで押しつぶされ、感じたのか、初音が火の息を洩《も》らす。

喜三郎は五本と五本の指を、ふたつのふくらみに食いこませていく。すると、
心地よく奥から押し返してくる。それをまた、ぐっと揉みこむ。また、押し返さ
れる。それを揉みこむ。このまま夜明けまで続けられそうだ。

「ああ、喜三郎様……初音はこのときを……ずっと思い描いていました」

「そうか……わしも、そうであるぞ」

「ああ、喜三郎様も……うれしいです」

とまた、初音が口吸いをしてくる。今度は乳を揉みながらの口吸いである。し
かも、どろりと唾を流しこんできた。

嚥下《えんか》する。喉を通り、姫様の唾が胃へと流れていく。

「ああ、喜三郎様の唾も、初音にください」

そうか、と喜三郎も唾を初音に飲ませる。うんっ、と唾を飲みこんでいく。

精汁も飲ませたい、と思い、さらに先走りの汁を出してしまう。

「ああ、唾を飲んでいたら、精汁を飲みたくなりました」

と、初音が言う。

「魔羅を出してください。初音ばかりお乳を出しているなんて恥ずかしいです」

自分から乳房を出しながら、初音がそんなことを言う。

「しかし、ここでは……」

「大丈夫です。誰も来ません。それに外には、あずみがいますから」

襖の向こうには、あずみがいるのだ。聞き耳を立てているだろう。

「さあ、喜三郎様」

立ってください、と初音が言う。

喜三郎が立つと、すぐさま初音が着物の帯に手をかけてくる。上から見下ろす乳房がまた格別である。

着物の前をはだけると、下帯を取っていく。

五

初音の前で、弾《はじ》けるように魔羅があらわれた。初音の小鼻を、先走りの汁まみれの鎌首がたたく。

「あんっ……」

すうっと通った鼻に、先走りの汁がつく。

それを見て、魔羅がひくつく。そして、あらたな汁がどろりと出てくる。

喜三郎の鎌首はすでに汁まみれとなっている。

「ああ、こんなにたくさん……ずっと我慢なさっていたのですね」

「そうであるな」

半年もの間、我慢していたのだ。

初音がちゅっと鎌首に唇を押しつける。それだけでも魔羅にせつない痺《しび》れが走り、ぴくぴくと跳ねた。

「元気ですね」

と言うと、桃色の舌をのぞかせ、鎌首ではなく、裏の筋を舐めてくる。不意をつかれた喜三郎は、ううっ、とうめく。

喜三郎の反応に煽《あお》られたのか、初音はぞろりぞろりと裏の筋を舐めあげてくる。

すると、さらに先走りの汁が出てくる。

初音はそのまま舌先をあげていき、先走りの汁を舐めてきた。桃色の舌が白く汚《けが》れる。

姫様を汚していると思うと、さらに昂る。大量の汁が出てくる。

それをまた、初音が舐め取る。そして、ぱくっと鎌首を咥えてきた。くびれを締めて、じゅるっと吸ってくる。

「うう……」

と、喜三郎はうなる。姫でありながら、尺八はすでに手慣れたものとなっている。そのまま、胴体を咥えてくる。ううっ、とうめきつつ、根元まで呑《の》みこんだ。

白い美貌が赤く染まっている。半年ぶりにすべてを咥えて、つらそうだ。が、吐き出さない。そのまま強く吸ってくる。

「ううっ、ううっ」

魔羅全体がとろけそうな快感に、喜三郎は腰をくねらせる。

初音はそのまま、右手でふぐりを包み、やわやわと刺激を送ってくる。そして、左手の指先を蟻《あり》の門渡《とわた》りに這わせてくる。

「あああっ、初音どのっ……」

姫とは思えぬ尺八に、喜三郎は腰をうねらせつづける。

ようやく、初音が唇を引いた。魔羅全体が姫様の唾まみれとなっている。

「このような尺八を吹いたなら、どんな殿でもものにできようぞ」

「喜三郎様が教えてくださったのです」

「そうであるな……」

「そうです。若殿にこのような尺八を吹けば、幸田藩の殿になってくださいますでしょうか」

と、初音が問う。問うている間もふぐりを刺激し、蟻の門渡りをくすぐっている。見あげる眼差《まなざ》しに昂る。

姫に見あげられているのだと思うと、魔羅がひくひく動く。

「この尺八を夜ごと味わえるとなれば、五万石を捨てて、二万五千石の婿となるかもしれぬな」

「確かめてみる価値はありそうですね」

「若殿の魔羅を吹くというのか」

「あら、喜三郎様、悋気《りんき》ですか」

と、初音がうれしそうに見あげる。

「そ、そうであるな……」

あらたな先走りの汁が出て、はやくも鎌首が白く染まっている。

初音が、再び咥えてくる。うんうんうめきつつ、美貌を上下させる。

「あ、ああ……ならんっ。出そうだっ」

初音は魔羅を根元まで咥えつつ、瞳で、どうぞ、と告げる。さきほど、精汁を飲みたいと言っていた。

「うんっ、うっんっ、うんっ」

気品に満ちた美貌を上下させるたびに、豊かに張った乳房がゆったりと揺れる。乳首はとがりきったままだ。

「ああ、で、出る……お、おうっ」

と、廊下にも洩れるような雄叫びをあげて、喜三郎は姫様の喉に精汁をぶちまけた。

「う、うぐ……」

初音は一瞬、美貌をしかめたものの、すぐにうっとりした表情を見せて、大量の飛沫を受けていく。

なんてことだ。一日の間に、一花、比奈、そして初音と三人の別々のおなごの口に精汁を放っていた。

今日、三発目であったが、そう思わせないほどの大量の飛沫を、初音の喉にぶちまけていた。

脈動が鎮まった。初音が唇を引く。すぐに唇を閉ざし、精汁が口からあふれるのを防ぐ。ここがはじめて口に受けた真中屋姉妹とは違う。が、このような技を会得していることが、果たして姫にとってよいことなのか……。

むしろ、どろりと口から垂らしてしまうほうがよいのではないのか。いや、そもそも姫様が精汁を口で受けること自体、よいのか……。

初音がごくりと喉を動かした。

「ああ、おいしかったです、喜三郎様」

そう言って、口を開いて中を見せる。

「姫様がそのようなはしたないことをしてはならぬぞ」

「喜三郎様、あの姉妹とはまぐわっていらっしゃらなかったのですね」

初音がうれしそうに、そう言う。

「当たり前だ。ただのつきそいなのだ」

確かに、まぐわってはいなかった。姉妹の口にそれぞれ一発ずつ放っただけだ。

「誤解していました」

初音が小袖の帯に手をかけ、解きはじめる。

「なにをしている」

「ご自分ばかりに気持ちよくなさって、ずるいです。初音も半年お預けなのですから」

小袖を脱いだ。そしてすぐさま腰巻も取ると、卓の横に仰向《あおむ》けになった。

下腹の陰りと、すうっと通った割れ目に、喜三郎の目が吸いよせられる。それは、ぴっちりと閉じていたが、あれを割って、魔羅を入れたのだ。

「初音の……女陰も、舐めてください、喜三郎様」

「そ、そうか……」

喜三郎は初音の両足をつかむと、ぐっと開いた。そして、足の間に腰を入れる。

花唇はぴっちりと閉じたままだ。わしは真に、この中に魔羅を入れたのか。

喜三郎は割れ目に指を添えると、くつろげていく。すると、姫の花びらがあらわになった。

「ああ、これは……」

半年ぶりに見る花びらは、薄い桃色のままであったが、どこか卑猥な感じがした。生娘の花びらではなく、一度は魔羅が貫通した花びらであった。

「ああ、そんなに、じっとご覧にならないでください……恥ずかしいです」

花びらも恥じらうように、きゅきゅっと動く。

「半年前、わしの魔羅が確かにこの花びらを突き破ったのであるな」

「はい。間違いありません」

と、初音はしっかりとうなずく。

「ああ、なにか、痕跡《こんせき》はありますか」

「あるぞ。ただの無垢《むく》な花びらではなくなっておるぞ」

「うれしいです……初音、ときおり疼くのです」

「女陰がか」

「はい……夜中、たまらなくなるときがあります……けれど、姫たるもの……手慰みはしてはならぬと戒《いまし》めているのです」

花びらがさらにきゅきゅっと収縮し、喜三郎を誘っている。

「手慰みはならぬな」

「ああ……だから……今宵《こよい》、喜三郎様の舌で……感じたいのです」

承知した、と喜三郎は顔を埋めると、花びらをぞろりと舐めた。すると、ひと舐めで、

「はあっ、あんっ」

と、初音が甘い喘《あえ》ぎを洩らし、どろりと蜜を滴《したた》らせている。

二万五千石の姫の発情した匂いに煽られ、喜三郎はさらにぺろぺろと舐めていく。

「あっ、あんっ、おさねも……おねがいします」

喜三郎は女陰の奥まで舌先をねじこみながら、おさねを摘《つ》まむ。するとそれだけで、女陰が強烈に締まった。

「ううっ」

と、喜三郎がうめく。舌を締めあげられていた。

「もっと、おさねを」

姫に言われるまま、喜三郎はおさねを軽くひねっていく。

「ああ、あああっ、いいっ」

初音が愉悦の声をあげる。完全に、廊下にいるあずみに聞かれてしまっている。

喜三郎は女陰から舌を引きあげようとした。が、放すまいというかのように、さらに姫の女陰が締めてくる。

「う、うう……」

喜三郎はうめきつつ、力ずくで舌を抜いた。

「あんっ、魔羅を、魔羅をください」

初音が喜三郎の魔羅を欲しがる。

「よいのか、初音どの」

「よいもなにも、ありません……喜三郎様は初音の処女花を散らしているのです。だから、お務めがあります」

「お、お務めとな……」

「初音の疼きを鎮めるお務めです……魔羅が欲しくても、喜三郎様の魔羅以外を受け入れることはできません。嫁入り前ですから……」

「わしの魔羅ならよいというのか」

「だって、もう、一度入っているのです……」

処女でなくなっているのだから、同じ男相手なら、一度も二度も変わらぬということか……。

理屈ではあるが、よいのだろうか。しかし、初音は躰《からだ》が疼いて、手慰みをしそうになるという。姫が手慰みはいかん。それなら、いっそ魔羅でよがったほうが潔《いさぎよ》いのでは……。

「入れてやろうぞ、初音どの」

「ああ、うれしいです」

喜三郎は躰を起こし、魔羅の先端を初音の恥部に向けていく。顔をあげただけなのに、すでに割れ目は閉じている。

喜三郎の魔羅は、すでに勃起を取りもどしていた。一発目を出してすぐだったが、初音の女陰を舐めている間に、力を取りもどしていたし、初音の発情した女陰の匂いを嗅《か》いで勃起しない男は、もう男ではなかった。

六

「参るぞ、初音どの」

「はい、喜三郎様」

初音は瞳を開き、二度目の挿入を遂げようとする喜三郎の顔をじっと見つめている。

喜三郎は見つめられつつ、鎌首を割れ目に押しつける。すると、ずぶりとめりこんでいった。

「ああっ、喜三郎様っ」

「姫様っ」

喜三郎はずぶずぶと突き刺していく。

「大きいですっ。硬いですっ。ああ、魔羅、魔羅っ」

姫らしからぬ声をあげて、初音が喜三郎の腰に両足をまわしてくる。そして、女陰で締めつつ、足でも締めてくる。

「ううっ……なんと……これは……」

しかも、両腕を伸ばして喜三郎の腕をつかむと、引きよせてくる。

胸板でたわわな乳房を押しつぶすと、さらに女陰が締まった。

「おうっ、おお……」

一度口に出していなかったら、いや、昼間、一花と比奈の口にそれぞれ一発ずつ出していなかったら、たった今、暴発させていただろう。

喜三郎は初音の裸体に密着して、腰を動かしていく。

「あ、あああっ、ああああっ、魔羅、魔羅、魔羅いいっ」

まさか、たった一度のまぐわいで、これほどまで性感が開発されてしまうとは。

いや、まぐわったのは半年前の一度きりだったが、その前に、何度も口吸いをして、魔羅もしゃぶっている。口に受けて、飲んでもいるのだ。

嚥下した精汁が胃から躰の中に浸透して、姫の躰を淫《みだ》らにさせたのか。それが、処女花を散らされたことで、一気に花開いてしまったのだ。

確かに、この責めは喜三郎にある。

躰が疼いても、姫様は夫となる若殿以外の魔羅を咥えこむことはできない。が、すでに喜三郎の魔羅は入っている。喜三郎の魔羅だけが今、唯一ゆるされる魔羅なのだ。

「もっと突いてっ。ああ、もっと初音の女陰をえぐってくださいっ」

こうかっ、と喜三郎は激しく突いていく。

「ああぁっ、いい、いいっ、魔羅、魔羅いいのっ」

ひと突きごとに、初音が絶叫する。

思えば、初音のほうがつらいのだ。喜三郎はすでに、お菊とまぐわい、一花と比奈の口にも出している。が、初音はなにもできないのだ。

今、このまぐわいで、初音をいかせまくり、満足させなければならない。それが、姫様の処女花を散らした者の使命なのだ。

おのが欲望など捨てて、初音を喜ばせることに徹するのだ。

しかし、なんて締めつけだ。ちょっとでも気を抜けば、暴発してしまう。が、暴発はならん。すでに今日は三発も出している。いくら初音相手といえど、続けて出せば、しばらく回復は無理であろう。

この一発で、初音をいかせまくるのだ。

喜三郎は腰に巻きついている初音の両足をつかむと、ぐっと乳房のほうに押しやった。初音の裸体が折りたたまれ、割れ目が天を向く。

喜三郎は垂直に、魔羅を突き落としていく。

「ひいっ、いい、いいいっ」

一撃ごとに、初音の裸体が震える。どっとあぶら汗が出て、ほのかに桃色に染まる全身の肌から甘い汗の匂いが立ち昇ってくる。

喜三郎は突き落としつつ、おさねを摘まむと、ぎゅっとひねった。

「ひ、ひいっ……いく、いくいくうっ」

いまわの声をあげて、折りたたまれた裸体を痙攣《けいれん》させた。もちろん、女陰も凄まじく締まっていた。魔羅が根元から食いちぎられそうだった。

喜三郎は歯を食いしばり、武士の矜持《きょうじ》にかけて、ぎりぎり暴発に耐えた。

一度いかせたくらいでは、使命を果たしたことにはならない。

喜三郎は魔羅を引き抜いた。先端からつけ根まで、姫様の蜜でぬらぬらに絖《ぬめ》り、しかも湯気だっていた。

「初音どの、四つん這いになるのだ」

はあはあと荒い息を吐き、気をやった余韻に浸っていた初音が、起きあがると言われるまま、卓の横で四つん這いになっていく。

膝を伸ばし、ぷりっと張った双臀《そうでん》を一介の浪人に向けて、差しあげてくる。

腰が折れそうなほどくびれているため、よけい尻が悩ましく張って見える。その尻たぼをつかみ、ぐっと開いた。

深い狭間《はざま》の底に、菊の蕾《つぼみ》が息づいている。それは可憐《かれん》な蕾で、とても排泄《はいせつ》の穴とは思えない。

じっと見ていると、その穴に突っこみたくなる。いかんっ、と頭を振り、喜三郎は蜜まみれの魔羅を蟻の門渡りへと進めていく。

するとそれだけで、初音が、あんっ、と甘い声をあげて、あぶら汗まみれの裸体をくねらせる。

鎌首が割れ目に到達した。

「ああ、もっといかせてください……ああ、初音、もっともっと、喜三郎様の魔羅で気をやりたいのです」

「承知した」

喜三郎は気合いを入れて、背後より突き刺していく。

ずぶずぶと、姫の中に入っていく。姫の女陰はもちろん極狭であったが、柔軟に魔羅を受け入れるのだ。それだけではない。すぐさま、強烈に締めてきた。

「ううっ」

うなったのは、喜三郎のほうだった。うしろ取りより、激しく突くつもりであったが、入れただけで、またも暴発しそうになる。

なにせ、二万五千石の姫様に、尻から入れているのだ。姫様を四つん這いにさせているのだ。これだけでも恐れ多い。

しかも、喜三郎は浪人にすぎない。若殿ではないのだ。

「ああ、どうなされたのですか。突いてください」

「承知したっ」

と言いつつも、まったく魔羅は承知していない。

「突いてくださいっ、初音には今宵しかないのです。次、いつ魔羅で突いてもらえるのかわからないのですっ。もしかしたら、喜三郎様とはこれが最後かもしれません」

「そうであるな」

喜三郎は尻たぼをぐっとつかむと、腰を前後に動かしはじめる。

窮屈な穴をえぐっていく。

「ああっ、当たるところが違いますっ……ああ、うしろ取りがよいですっ」

姫がうしろ取りに目覚めてもよいものなのか。

「ああ、いかんっ、ああ、出そうだっ」

「なりませんっ。出しては、なりませんっ」

なりません、と言いつつ、初音の女陰が万力のように締まる。

「おうっ、もうだめだっ。ああ、初音どのっ、すまぬっ」

と謝りながら、喜三郎はとどめの一撃を見舞った。

「あっ、いくっ」

と、初音が短く叫ぶのを耳にして、喜三郎は射精させた。本日、四発目の精汁であったが、凄まじい勢いで姫の子宮をたたく。

「いく、いくっ」

初音はいまわの声をあげつづけ、四つん這いの裸体をがくがくと震わせる。

「おう、おう、おうっ」

喜三郎も雄叫びをあげつづける。なかなか脈動が鎮まらない。魔羅もこれで終わりたくない、と言っているようであった。

が、終わりは来る。脈動が鎮まり、魔羅が萎えはじめる。

「ああ、もっと……」

と、初音が女陰を締めてきた。ううっ、とうなるも、続けて二発はこたえ、女陰から大量の精汁とともに抜けていった。

すると初音が四つん這いのまま、裸体の向きを変えてきた。膝立ちのままの喜三郎の股間に、上気させた美貌を埋めてくる。

「あっ、それはっ」

精汁、蜜まみれの魔羅を、一気に根元まで含み、強く吸ってくる。

「あう、ううっ……」

魔羅に対する執着の強さを口の動きに感じる。

確かに、これが最後かもしれぬ。また、会えるかもしれぬ。それは誰にもわからないのだ。となれば今、このときを濃密に過ごすしかない。

喜三郎は腰を突き出していった。半勃《だ》ちの先端で、喉を突く。

「う、ううっ」

初音はうめきつつ、なおも吸ってくる。が、やはり勃起はしない。

すると、初音が股間から美貌を引いた。あきらめたのかと思ったが、違っていた。

「尻をこちらに」

と、初音が言った。肛門を舐めるつもりなのだと思ったとたん、萎えかけていた魔羅が、ぐぐっと反った。

喜三郎は二万五千石の姫の美貌の前に、尻を向けた。初音が尻たぼを開き、火の息を肛門に吹きかけてきた。

「ああ……」

それだけで、声を洩らす。

初音が美貌を尻の狭間に埋めてきた。ぞろりと肛門を舐めてくる。

「あ、あぁっ……」

喜三郎はおなごのような声をあげ、腰をくなくなさせる。

初音は肛門に舌先をねじこみつつ、手を伸ばし、右手で魔羅をつかみ、左手でふぐりを包む。右手でしごきつつ、左手でやわやわと刺激を与えてくる。

吉原の女郎でも、このようなことはしてくれないのではないか。

姫に女郎以上の奉仕を受けて、勃たぬ男は武士ではない。浪人の身だが、喜三郎にも武士の矜持がある。

ぐぐっ、ぐぐっと魔羅が力を帯びはじめる。

喜三郎は正面に向き直った。天を衝《つ》く魔羅を見て、

「喜三郎様、なんとたくましい」

と、初音が惚《ほ》れぼれしたように見あげる。その視線に、さらに反り返っていく。

喜三郎は初音をその場に押し倒し、本手《ほんて》で突き刺していった。

「いいっ」

ひと突きで、初音が歓喜の声をあげた。

第三章　罪深いおなご

一

夕刻——手習い所を終え、美緒はお菊長屋に戻っていた。

今日もあらたに入る子供があらわれた。蠟燭《ろうそく》問屋の息子で、手習い料をもらえた。

美緒は途中で、忘れものを思い出した。雲行きが怪しかったが、妙連寺へと戻る。ごろごろっ、と雷の音がしたと思ったら、突然、夕立が降りはじめた。美緒は駆け足で妙蓮寺に戻ったが、本堂に入ったときにはずぶ濡れとなっていた。

珍念の姿はない。美緒は小袖《こそで》を脱いだ。肌襦袢《はだジュバン》も濡れていて、それも脱いだ。

あわてて駆けてきたため、汗をかいていた。たわわな乳房に、無数の汗の雫《しずく》が浮いて、谷間に次々と流れている。

手拭《てぬぐい》で、鎖骨《さこつ》から乳房にかけて、汗を拭っていく。すると、乳首をなぞったときに、せつない痺《しび》れが走った。

「あっ……」

美緒は声をあげてしまう。そのまま乳房の汗を拭う。すると乳首をこすることになり、さらに甘い刺激がひろがっていく。

「はあっ、ああ……」

美緒は視線を感じ、はっとなった。振り向くと、ご本尊である愛染明王《あいぜんみょうおう》が美緒を見つめている。愛染明王は愛欲という煩悩《ぼんのう》を悟りに導く仏である。

美緒は愛染明王に見つめられながら、乳房の汗を拭くと、右腕をあげた。腋《わき》の毛が、べったりと貼《は》りついている。

そこの汗も拭っていると、乳首がぷくっととがりはじめる。

愛染明王様……美緒は愛欲に溺《おぼ》れてしまいそうです……どうか、お助けください。

ごろごろと、外では雷が鳴りつづけている。雨脚もかなり強い。

美緒はそっと乳首を摘《つ》まんでいた。勝手に指が動いていた。

「あっ、あんっ」

びりりっとした刺激が、乳首から全身へとひろがっていく。

「はあっ、ああ……愛染明王様……美緒を、お助けください……愛欲の煩悩から……ああ、お助けください」

美緒は乳房をつかんでいた。躰《からだ》が震える。そのまま揉《も》んでしまう。

「はあっ、ああ……ああ……」

ごろごろ、どすんっ、とかなり近くで雷が落ちた。あっ、とその場にしゃがむ。

人の気配を背後より感じた。振り向くと、魔羅《まら》が反り返っていた。

「ああ、ま、魔羅……」

「美緒さん、これが恋しいのでありませんか」

珍念が裸で立っていた。貧相な躰つきをしていたが、魔羅だけはりっぱに天を衝《つ》いていた。

「い、いいえ……欲しくはありません」

美緒は珍念の魔羅から目をそらせなかった。乳房からも手を引けなかった。むしろ、珍念が見ている前で、強く揉んでいた。

「あっ……」

魔羅を見ながら揉むと、さらに感じた。腰巻の奥がかっかと火照《ほて》っている。

「煩悩を捨て去るには、まずは溺れることが大切です」

「そ、そうなのですか……」

「溺れてしまえば……いずれ、愛染明王様のお導きで、自然となくなってしまいます。愛欲に溺れることで、煩悩から救われるのです」

珍念は生臭坊主で有名だった。この寺で手習い所をはじめるときも、お菊長屋のおかみさんたちはみな、反対したのだ。

でも、美緒自身がしっかりしていれば、大丈夫だと思った。

そう。美緒がしっかりしていれば……。

今は違っていた。惑っていた。魔羅を突きつけられ、美緒は魔羅以外、視界に入らなくなっていた。

「さあ、魔羅を感じるがよい」

と、珍念が魔羅をぐっと突き出してきた。ぴたぴたと美緒の頰《ほお》を魔羅でたたいてくる。

「あ、あんっ……」

美緒は避けなかった。避けられなかった。

「ほらっ、しゃぶるがよい」

と、唇に突きつけられた。

美緒は唇を開いていた。するとすぐさま、魔羅を突き入れられた。喉まで塞《ふさ》がれる。

「うぐ、うう……」

美緒は噎《む》せつつも、吐き出さなかった。顔を引かなかった。珍念はたくましい魔羅で喉を突いてくる。

「うう、うぐぐ……ううっ」

頭がくらくらしてくる。口を塞がれることで、美緒の躰はさらに熱くなっていた。もう片方の手で、もう片方の乳房もつかんでいた。

口を責められながら、自らの手でふたつのふくらみを揉んでいた。

珍念が魔羅を引いた。どろりと唾《つば》が垂れる。

「穴を塞いであげましょう。おなごの穴は、魔羅で塞がれるために空いているのです。塞がれてはじめて、おなごとして一人前になるのです。今、空いている状態は、半人前なのです。おなごになっていないのです」

すべて、まぐわいための屁理屈だと思ったが、その屁理屈が、すうっと美緒の心の中に入ってくる。

美緒は立ちあがり、腰巻に手をかけた。穴を塞いでもらうためだ。腰巻を取ると、珍念が魔羅の先端を、美緒の割れ目に向けてきた。だめだ。珍念などとまぐわってはだめだ。私が欲しいのは、喜三郎様の魔羅なのだ。血迷ってはいけない。

美緒は珍念の魔羅を目にして、はじめて逃げようとした。が、すでに遅かった。割れ目に鎌首《かまくび》が触れたと思った刹那《せつな》、腰を引く前に、ずぶりとめりこんできたのだ。

「いいっ」

一撃で、美緒は愉悦の声をあげてしまった。本堂全体に響くほど大きな声で。

珍念は奥まで貫くと、すぐさま抜き差しをはじめた。美緒に考える暇を与えなかった。

「あ、ああっ、いい、いいっ……魔羅、魔羅、いいっ」

ひと突きごとに、快感の火花が美緒の脳天で散った。

美緒のほうから珍念に抱きついていった。すると、乳房が貧相な胸板に押しつぶされ、乳首からあらたな刺激が走る。

檀家《だんか》の後家たちに手を出している生臭坊主らしく、珍念の突きはうまかった。

「あ、ああっ、あああっ……」

はやくも美緒は、気をやりそうになった。

だめだっ、喜三郎様の魔羅以外で、気をやってはだめだ……。

美緒は腰を引こうとしたが、気持ちよすぎて引けない。このまま気をやってしまうのかと思っていると、珍念のほうから魔羅を引き抜いた。

「えっ……」

気をやる寸前で、梯子《はしご》をはずされ、美緒は驚きの目で珍念を見た。

「気をやりたいのか、美緒」

いきなり呼び捨てにされた。が、美緒は素直にうなずいていた。

「気をやりたいのなら、そこに這《は》うのだ。四つん這いになり、尻を差しあげて、欲しいです、と振るのだ」

「そんなこと、できません……」

「そうか。拙僧は無理強《じ》いはしない。愛染明王様が見ておられるからな」

珍念は蜜まみれの魔羅を見せつけたまま、手を出してこない。

また雷が、がらがらどんっ、と近くに落ちた。愛染明王様がお怒りになっていると思った。

でも、美緒は四つん這いになっていた。

が、珍念は入れてこない。どうしてですか、と首をねじって、珍念を見あげる。

「なにをしている、美緒。欲しいです、と尻を振るのだ。愛染明王様の前で、煩悩に負けているおのが姿をさらすのだ」

「そのようなこと……」

できません、と口にする前に、美緒は双臀《そうでん》を振っていた。

「珍念様……欲しいです……」

甘くねっとりとからむような声になっている。

最低だった。でも、躰は欲していた。珍念の魔羅でとどめを刺してもらわなければ、一日悶々《もんもん》として過ごすことになるだろう。

それはいやだった。つらすぎた。

「もっと、尻を振れ、美緒」

珍念に呼び捨てにされるたびに、女陰《ほと》の奥がじんと痺れる。

「ああ、珍念様……その御魔羅で……ああ、美緒をいかせてくださいませ。どうか、おねがいします」

美緒はさらに尻を振っていた。はやくください、と振っていた。

珍念が尻たぼをつかんできた。それだけで、四つん這いの裸体が震える。魔羅が尻の狭間《はざま》を通り、蟻《あり》の門渡《とわた》りに進んでくる。

「はあっ、ああ……」

もうそれだけで、軽い目眩《めまい》がしていた。先端を割れ目に感じた。が、珍念は入れてこない。なんていじわるな坊主なのだろうか。

私にさらなる恥知らずなことを言わせたいのだ。

「ああ、はやく、はやく、その魔羅を……ああ、美緒にぶちこんでくださいっ」

本堂に響きわたるような声で哀願した。

珍念の魔羅がずぶりと入ってきた刹那、またも近くに雷が落ちた。どかんっ、と凄《すさ》まじい音がするなか、うしろからずぶずぶと魔羅が侵入してきた。

「いいっ」

ひと突きで、美緒は歓喜の声をあげていた。

珍念は最初から、激しく抜き差しをしてきた。

「いい、いい、いいっ。魔羅、魔羅、いいっ」

美緒は四つん這いの裸体を震わせ、叫ぶ。あぶら汗が全身に浮きあがり、甘い体臭が立ち昇ってくる。

その匂いに昂《たかぶ》ったのか、珍念の魔羅が美緒の中でさらにひとまわり太くなっていく。

「ああっ、大きいっ、魔羅、大きいですっ」

「拙僧の魔羅は好きか、美緒」

「好きですっ。珍念様の魔羅、好きですっ」

もう、わけがわからなくなっている。美緒は一匹の牝《めす》と化していた。魔羅だけを求める牝と化していた。

「ああ、なんて締めつけだっ、美緒っ」

うしろ取りで突きつづける珍念の顔面が真っ赤になっている。つるんとした頭まで赤い。

「ああ、ああっ、気を、ああ、美緒、気をやりそうですっ」

「出すぞ、美緒、精汁を出すぞ」

「くださいっ、ああ、珍念様の精汁を……ああ、美緒の子宮《こつぼ》に浴びせてくださいっ」

珍念の魔羅がぐぐっと膨張した。次の刹那、爆発した。

凄まじい勢いで、精汁が子宮に襲いかかる。

「ひいっ……いく、いくいくいくっ……」

美緒はいまわの声を、心の奥から叫んでいた。

躰も頭も、なにもかもが真っ白になり、宙を飛んでいた。

二

信州黒崎藩五万石の若殿である高時は、大川《おおかわ》を望める高級料理屋の離れにいた。

ここで、幸田藩二万五千石の姫様を待っていた。高時は、初音に会うためにお忍びで来ていた。

はじめて会ったとき、その類希《たぐいまれ》なる美貌《びぼう》に目を見張った。これほどまでに品があって、美しいおなごを見たことはなかった。

高時はまさにひと目惚《ぼ》れしていた。が、初音の第一声には度肝《どぎも》を抜かされた。

──私は生娘《きむすめ》ではありません。

嫁《とつ》ぐ相手に向かって、すでに男を知っていると言ったのだ。しかも、

──子宮で精汁を受けました。

と言ったのだ。ただ、そやつとは一度きりだという。

口吸いだけでなく、尺八《しやくはち》も吹いているという。

あの高貴な美貌の姫が、魔羅を吸っているのだ。しかも、驚くことに相手は浪人だというのだ。

度肝を抜かされることの連続で、あの場では冷静でいられなかった。

が、ひとつだけはっきりしていることがあった。生娘ではない、尺八も吹いた、今でもそやつが好きだと言われても、ひと目惚れは揺るがなかった。

むしろ、その気の強さ、はっきりとした性格にも惹《ひ》かれていた。

初音を正室に娶《めと》れば、間違いなく、面白い日々を送れると思った。

当然のことながら、近習《きんじゆう》の木島は反対した。木島は高時が幼き頃よりそばにいる、いちばん頼りにしている家臣である。

落ち着いて、お考えになられたほうがよいです、と何度も言っていた。高時は木島の声に従い、しばらく時を置いた。

が、時が経《た》つにつれ、初音への思いが醒《さ》めるどころか、ますます燃えあがってきた。

「若殿、姫様がお越しになられました」

と、襖《ふすま》の向こうから、木島の声がした。

木島の声を聞いただけで、高時は不覚にも勃起させてしまった。なんということだ。初音が襖の向こうまで来ていると思っただけで、興奮してしまうとは。これは重症である。

「入れ」

威厳を保ち、そう言った。

襖が開けられ、初音が入ってきた。町娘のようななりであらわれ、高時はおうっとうなっていた。

初音には会うたびに驚かされるし、新鮮な刺激を覚える。またも、さらに惚れていた。

初音が卓を挟んで座った。

「ご無沙汰《ぶさた》しています」

と言って、頭を下げる。うなじに、どきりとする。

もう初音のなにを目にしても、心の臓が高鳴ってしまう。

「お忍びでいらしたのですね」

「いや、姫のために参ったのだ」

「そうなのですか。私に会いに……」

「初音どの、あらためて、おねがいする。私の……」

「高時様、初音よりご提案がありますっ」

と、高時の声を遮《さえぎ》るように、初音が言った。

「なんだ……」

「今、私の叔父上が藩主となって政《まつりごと》を行っていますが、生来のおなご好きで、藩のことは国家老に任せ、叔父上は藩に自分専用の廓《くるわ》を作ろうとしているのです」

「廓を……」

「国家老が民のために政を行ってくれるのなら、それでも構わないと思っていました。しかし、国家老の林田忠友《はやしだただとも》ははやくもおのれのための、政をやるようになっているのです。まわりは、おのれの一派で固め、異を唱える者は役を解いているのです」

「それはいかんのう」

「幸田藩のゆくすえが案じられるのです。そんな気持ちで、高時様のもとに嫁ぐ気にはなれません」

「そうであるか……」

「だから、高時様に来ていただきたいのです。私の婿《むこ》として、幸田藩にやってきてほしいのです」

「それは……」

「もちろん、五万石の若殿が二万五千石の藩に婿入りするなど、ありえないことかもしれません。でも、高時様が初音のことを思ってくださるのなら、二万五千石の石高が減ることなど、たいしたことではないはずです」

「そ、それは……そうであるな……」

初音が婿として入ってほしいと言い出した。高時と夫婦《めおと》になりたくないとは思っていないのだ。高時が婿として入るのなら、夫婦になると言っているのだ。

しかし、高時は藩主の嫡男《ちゃくなん》である。嫡男が、五万石を捨てて二万五千石の藩に婿入りするなど正気の沙汰ではない。

「高時様、魔羅をお出しください」

と、初音がとんでもないことを言い出した。

「今、なんと申した」

「魔羅をお出しください、と申しました」

「初音どの……正気か……」

「正気です。私は我が藩の民のためなら、なんでもする覚悟です。高時様は、尊敬に値する御方です。ともに、幸田藩を盛り立てていきませんか」

「魔羅を出して、どうするのだ」

「もちろん、尺八を吹いてさしあげるのです」

「尺八となっ」

高時の声がひっくり返る。完全に、襖の向こうの木島に聞かれてしまった。

「二万五千石も石高が減るのです。そのぶんを、私がお埋めいたします」

「二万五千石の尺八ということか……」

「はい」

と、初音がうなずく。

「それは、きさぶろう、という輩《やから》にしこまれたものであるな」

「はい……」

と、またも初音がうなずく。

「う、ううむっ」

高時は歯ぎしりする。初音を正室にしても、ずっと、きさぶろうの影がついてまわる気がする。

今、木島の手の者に、きさぶろうなる輩のことを探らせている。もちろん、初音にはずっと見張りをつけていた。過日、王子の滝浴《たきあ》みの場に、初音が白の浴衣《ゆかた》であらわれ、ずぶ濡れの姿を披露《ひろう》したという。

恐らく、その場にきさぶろうがいたのだ。きさぶろうにおのが姿を見せつけたのだろう。

見張りの者は、きさぶろうなる者は確認できなかったという。が、間違いなく、きさぶろうはいたのだ。

「私の尺八を味わってごらんになる気はありませんか、高時様」

「う、ううむ……」

この類希なる美貌の姫が、わしの魔羅をここでしゃぶるという。そもそも、姫が尺八をすること自体、めったにないことではないのか。

初音は藩の民のために、しゃぶるという。

なんて民思いの姫なのだ。こんな姫と政をやってみたい。恐らく、楽しいであろう。充実しているであろう。

高時は立ちあがった。そして帯を解《ほど》くと、着物の前をはだけた。

「下帯《したおび》は私が……」

と、初音がにじり寄ってくる。

初音が高時の足下に膝《ひざ》をついた姿勢で、両手を伸ばしてくる。小袖の袖が下がり、白い腕があらわになる。

それを見ただけで、高時の股間は疼く。

初音の手が下帯にかかった。

これでよいのか。初音にしゃぶられ、あまりの気持ちよさに、婿入りする気になってしまうのではないのか。それでよいのか。黒崎藩五万石を捨ててよいのか。

「待て……」

と、高時は止めた。

「どうなさいましたか、高時様」

と、初音が美しい黒目で見あげている。

「い、いや……尺八はせずともよい……」

「怖《お》じ気《け》づいたのですか」

と、初音が挑戦的な目を向けてきた。

「まさか。なにゆえ、わしが怖じ気づく……」

「では、なぜ魔羅が縮んだままなのですか」

「えっ……」

言われて気づいたが、高時は勃起させていなかった。さきほどまで、勃起させていたのだ。なにせ、

——若殿、姫様がお越しになられました。

という木島の声で勃起させたくらいだ。が、縮んでいた。恐らく、初音が尺八を吹いてさしあげましょう、と言い出した刹那より、縮みはじめていたのだ。

なんてことだ。このわしが、緊張のあまり魔羅を小さくさせてしまうとは。このようなことが知れたら、末代までの恥だ。黒崎藩自体の恥となる。

「尺八はよい……」

「やはり、縮んでおられるのですね」

「まさか、そのようなことはない」

「私をおなごにした御方は、いつも天を衝いておられました。いつもたくましくあられました」

「なんだとっ。きさぶろうはたくましくて、わしはひ弱だと言うのかっ」

頭に血が昇っている。どうも、きさぶろうの話を出されると、冷静ではいられなくなる。

「見るがよいっ、黒崎藩五万石の若殿の魔羅をっ」

と、高時は自ら下帯を取っていった。

三

萎《な》えていた。萎えているどころか、縮みきっていた。

最悪であった。軽蔑《けいべつ》の目で見あげているであろう、と思ったが、初音が美貌を埋《うず》めてきた。

「あっ、なにをっ……」

縮みきった魔羅が、あっという間に、初音の口の中に含まれた。

初音はそのまま、じゅるっと唾を塗《まぶ》しつつ、吸いあげはじめる。

「は、初音どの……ああ、なんということだっ」

高時はおなごを知っている。吉原にも行っていた。それゆえ、尺八を受けたこともある。

が、もちろん、姫様から受けたことはない。

「あ、ああ……ああ……」

高時はおなごのような声をあげ、下半身をくねらせていた。このような姿、木島にも見せられない。

心地よいという単純な言葉では表現できないような愉悦に包まれていた。まだ魔羅は縮んだままであったが、とろけてなくなりそうであった。

縮んだまま、射精しそうな気さえした。

はやく、勃起しろっ。きさぶろうを凌駕《りょうが》するように、はやく大きくなれっ。

気持ちよかったが、気のあせりが勝り、魔羅が言うことを聞いてくれない。

初音が唇を引いた。縮んだままの魔羅は、姫様の唾でぬらぬらであった。

「今日は体調がすぐれなくてな……」

初音が小袖の帯に手をかけた。

「な、なにをする……」

「幸田藩に婿入りしていただかなければなりません。初音の虜《とりこ》になってもらわなければなりません」

そう言うと、初音が帯を解き、小袖の前をはだけた。肌襦袢があらわれる。

それを見て、魔羅がむくっと反応しはじめた。

初音は肌襦袢の腰紐《こしひも》にも手をかけ、結び目を解く。

「ならんっ、姫がそのようなことは、ならんっ」

「藩の民のためですっ」

と言うと、肌襦袢の前もはだけた。

姫様の乳房があらわれた。

「おうっ、なんとっ」

美麗なお椀形《わんがた》であった。しかも、かなり豊満なふくらみを見せている。やや芽吹いている乳首は淡い桃色であった。

初音の乳房に見惚《みと》れていると、魔羅をつかまれた。

「ううっ」

とうなりつつ、おのが魔羅を見て、高時は目を見張った。見事に反り返っていたのだ。

「なんともたくましい魔羅です、高時様」

と、初音が言い、瞳を閉じると、先端にくちづけてきた。

「おうっ」

それだけで、高時はうなっていた。

「若殿っ」

と、襖の向こうから、木島の案じる声がかかった。

「おう、おうっ」

と、高時がうなりつづけていると、御免っ、と襖が開かれた。高時の魔羅の先端にくちづけている初音を見て、

「これは、なんとっ」

と叫んだ。そんななか、初音は舌をのぞかせると、裏の筋を舐《な》めあげてきた。

「ああっ、そこはっ……」

「姫様、裏筋をご存じなのですかっ」

と、木島が感嘆の声をあげる。本来ならば、すぐに座敷の外に出なければならなかったが、長年、高時に仕える木島でさえ、そのようなことを忘れて、初音の尺八に見入っている。

初音はぞろりぞろりと裏の筋だけを舐めあげてくる。

「あ、ああ……初音どの……」

高時が腰をくねらせるなか、初音が右手でふぐりを包んできた。やわやわとした刺激を送りつつ、いきなり先端をぱくっと咥《くわ》えてきた。

「おうっ」

高時は雄叫《おたけ》びをあげていた。まさに鎌首だけがとろけてなくなってしまった、

と思った。

初音はそのまま胴体まで咥えつつ、左手の指先を股間に伸ばし、蟻の門渡りをなぞりはじめた。

「なんとっ、姫は蟻の門渡りもご存じかっ」

と、木島が大声をあげる。

初音はそのまま魔羅の根元まで咥えこんでくる。

「ああ、初音どの……もう、よい……もうよいぞ」

気持ちよすぎて、高時ははやくも出しそうになっていた。尺八を吹かれてすぐに出すなど恥であると、やめさせようとする。

が、初音はやめない。根元まで咥えたまま、じゅるっと吸いあげはじめた。右手ではふぐりをやわやわ揉み、左手の指先で蟻の門渡りをくすぐりつづけている。

「ああっ、もうよいっ、もうよいのだっ」

「若殿っ、どうなされましたかっ」

と、木島が聞いてくる。

「まさか、もう出されることはありませんよね」

と、近習が核心をついてくる。

「ううっ、わしが、すぐに……ううっ、出すわけが……うう、あるまい」

高時は顔面を真っ赤にさせていた。

初音は美貌を上下させはじめた。うんうん、と悩ましい吐息を洩《も》らしつつ、高時の魔羅に口の粘膜で刺激を与えつづけてくる。

「もう、よいぞっ、初音どの……うう、民を思う強い気持ちはわかったぞっ……う、ううっ……」

「若殿っ……」

「ああ、ああ、もうよいぞっ……」

初音は美貌の上下をやめない。左手の指先が蟻の門渡りから伸びた。肛門を突かれた刹那、高時は吠《ほ》えていた。

「お、おうっ」

暴発させた。どくどく、どくどくと凄まじい勢いで飛沫《しぶき》が噴き出した。姫様の喉をたたく。

「う、うう……うう……」

初音は唇を引くことなく、五万石の若殿の精汁を喉で受ける。

「若殿……お出しになりましたか……」

木島が無念といった表情を浮かべる。

「すまぬ、木島……」

思わず、高時は近習に謝っていた。その間も脈動は続いていた。おなご知らずが、はじめておなごの穴に出したようである。

「姫様……そこまで受けなくても……ああ、なんて顔をして、お受けになっておられるのか……」

真横から初音の美貌を見ている木島が、感嘆の声をあげる。

ようやく、脈動が鎮《しず》まった。高時が魔羅を引こうとしたが、初音が根元を咥えたまま放さない。口に大量の精汁を受けたまま、魔羅を吸ってくる。

「あ、あんっ、あんっ」

と、高時はおなごのような声をあげてしまう。

「若殿……そのような声を出されては……示しがつきません」

「あんっ、おまえしか、あ、あんっ、見ておらぬ……」

「初音姫が見ておられます。もう、幸田藩の言いなりです」

ようやく、初音が唇を引いていく。唇から鎌首が抜けるとき、精汁もどろりと垂れていく。それを、初音は手慣れた手つきで掬《すく》う。

「きさぶろうのも、こうして口で受けているのであるな、初音どの」

高時の魔羅はまだ半勃《だ》ちを保っていた。

「木島、懐紙《かいし》を」

と、高時が言い、はっ、と木島が懐から懐紙を取り出し、ひろげると、

「姫様、これに」

と言った。

が、初音は懐紙には出さなかった。形のよいあごを反らすと、ごくんと喉を動かしたのだ。

「おうっ」

と、高時と木島が同時に叫んでいた。

さらに初音は驚く行為に出た。手のひらで受けた精汁を舐め取るとまた、ごくんと喉を動かしたのだ。

「大変、おいしかったです、高時様」

と、初音が言った。

「きさぶろうと比べて、どうだっ」

高時は思わず、そう聞いていた。

初音は、うふふ、と笑っただけで答えない。

「きさぶろうの精汁のほうが旨《うま》かったのだなっ」

高時は姫をおなごにし、ここまで尺八をしこんだ浪人者に強い悋気《りんき》を覚えていた。

「私の尺八はいかがでしたか、高時様」

そう問いつつ、小指で唇についている精汁を拭っていく。

「よかったぞ……最高の尺八であった」

「幸田藩に婿入りされれば、夜ごと、この尺八を味わえますよ」

「夜ごと……」

「若殿っ」

木島が激しく首を振る。姫の色香に負けて、二万五千石も下がる藩への婿入りなどいけません、と目が告げていた。

「そう、夜ごとです。そして、この躰も……」

と言って、立ちあがると、初音ははだけたままの小袖と肌襦袢をともに、躰の曲線に沿って滑り落とした。

それだけではなく、腰巻も取っていく。

「おうっ」

初音の生まれたままの姿を目にして、高時はうなる。

「高時様のお好きにできます。夜ごと……」

下腹の陰りは品よく生えて、そこから、すうっと通ったひと筋の花唇がのぞいていた。

高時は瞬《まばた》きすら惜しんで、初音の裸体に見惚れていた。

四

「こちらでございます」

案内するおなごの尻を見ながら、高時は廊下を歩く。

高時は幸田藩主である彦次郎に呼ばれていた。初音と会い、初音の尺八に酔い、裸体に感嘆した翌日のことである。

浅草《あさくさ》の奥の奥山《おくやま》のさらに奥へと向かうと、彦次郎の屋敷があった。

供の木島が訪《おとな》いを入れると、裸体のおなごがあらわれたのだ。

これには驚いた。初音より、かなりのおなご好きだとは聞いていたが、まさかここまでとは……。

しかし、なんともそそる尻である。一歩足を運ぶたびに、尻たぼが誘うようにぷりぷりとうねる。

「どうぞ」

と、裸のおなごが奥の座敷の襖を開く。中に入り、下座についていると、待つほどなく、主《あるじ》の彦次郎が姿を見せた。

「お初にお目にかかります」

と、上座についた彦次郎に向かって、高時は頭を下げた。

「初音とはまぐわったのか、高時どの」

と、いきなり聞かれた。

はっ、と高時は頭をあげて、幸田藩主をまっすぐに見つめる。戯言《ざれごと》かと思ったが、違っていた。

「昨日、料理屋の離れで初音と会ったのであろう」

見張られていたのか。高時ではなく初音が。

「よく、ご存じで」

「報告によると、高時どののうなり声だけが外に洩れて、初音のよがり声は聞こえてこなかったというではないか。どういうことだ」

　彦次郎がぎろりとにらんでくる。

「尺八を吹かれました……」

「それで」

「あまりに気持ちよく、不覚にも初音どのの口に……出してしまいました」

　彦次郎は怒り出すかと思ったが、表情ひとつ変えなかった。

「それで」

「初音どのは、私の精汁を飲まれました」

「そうか。飲んだか」

　彦次郎は苦虫をかみつぶしたような表情になる。やはり、怒っているのだろう。

それはそうだ。大切な姫から尺八を受け、精汁を飲ませたのだから。

「そして……」

　と、彦次郎が先を促す。

「初音どのは、私の前で裸になられました。素っ裸です」

「ほう、それで」

「そこまでです」

「まぐわっておらぬのかっ」

「はい」

「初音はどんな条件を出してきたのだ。なにもなくて、高時どのの魔羅をしゃぶり、精汁を飲んだわけではあるまい」

「私に婿入りしろと」

「なるほどな」

彦次郎は納得したように、うなずいた。

「それで、高時どのはなんと返事をしたのだ」

「返事はなにもしておりません」

「はやく初音とまぐわうのだ。そして、はやく黒崎藩に嫁入りさせてほしい」

「初音どのが……邪魔なのですね」

「そうだ。邪魔だ。国にわし専用の廓を作る話が進んでいたのだが、初音が横やりを入れてきて、なかなか進んでおらぬのだ。こたび、わしはお忍びで江戸に参ったのだ。吉原に通うためであるがな」

「そうですか」

「我が藩に婿入りする必要などない。藩主はずっとわしだ。わしはこのとおり元気だ。はやく、初音を嫁に取ってくれ」

「ひとつ、お尋《たず》ねしたいことがあります」

「なんだ」

「きさぶろう、という男をご存じですか」

「喜三郎か。香坂喜三郎、浪人者だ」

「やはり、ご存じで」

「ご存じもなにも、初音の供で、そこに座っておったぞ」

と、木島が控えている場所をあごでしゃくった。

「なんとっ、そこに……殿とお会いしていたのですか」

「会ったときは、まだ初音の処女花は散らしておらなかったがな。まあ、わしが散らせと焚《た》きつけたのがいけなかったかのう」

「殿が焚きつけたのですか……」

「いずれにしろ、すでに初音の処女花は喜三郎の魔羅で散らされている。だから、初音の心にはずっと喜三郎がいるのだ」

「それがいやなのです。正室に取っても、初音どのの心にはずっと喜三郎が残っています」

ます」

「それはいけません。ますます、初音どのの心から消し去ることができなくなります」

「そうか。昨日、初音とまぐわってしまえばよかったのだ。そうだ。喜三郎をおなご狂いにさせるのだ。その姿を初音に見せて、愛想を尽かせるのはどうだ」

「愛想を尽かせる……なるほど。ご名案、ありがとうございます」

「とにかく、我が藩に婿入りなどならんぞ。初音をはやく嫁にするのだ。幸田藩から出すのだ」

「わかりました」

と、高時は幸田藩主に頭を下げた。

五

教え子たちを送り出し、美緒は本堂で片づけをしていた。

背後に人の気配を感じたと思った刹那、身八《みや》つ口《くち》より手を入れられた。脇より、むんずと乳房をつかまれる。

「はあっ、ああ……」

美緒は火の息を吐いていた。

「乳が汗ばんでいるな、美緒」

珍念の声が、股間を疼かせる。教え子たちの前では、美緒さん、と呼んでいたが、ふたりきりになると、美緒と呼ぶ。そして呼び捨てにされると、女陰の奥が痺れた。

雷の音を聞きながら珍念とまぐわってから、手習いの最中でも、珍念に見つめられるだけで女陰をどろどろにさせていた。乳首もとがり、今も手のひらで押しつぶされて、躰を熱くさせている。

左手で乳房を揉みつつ、珍念が右手で小袖の裾《すそ》をたくしあげてきた。肌襦袢越しに、尻を撫《な》ではじめる。

「ああ、いけません、珍念様……ああ、もうこのようなこと……ああ、あんっ、いけません」

どうしても、珍念の愛撫を拒《こば》めない。

尻を撫でていた手が、太腿《ふともも》の内側に入ってきた。じかに触れてくる。

「ほう、こちらも汗ばんでおるな、美緒」

珍念が乳房を揉みつつ、手のひらを太腿のつけ根へとあげていく。

初音は腰巻をつけていなかった。つけずに来るようにと、珍念に言われていたのだ。断ろうとすると、まぐわっていることを、お菊長屋のおかみさん連中に話すと脅してきた。

珍念の指先が割れ目に触れた。

それだけで、ぴくっと下半身が動く。珍念は乳首を摘まみ、ひねりつつ、おさねを突いてきた。

「はあっ、あんっ」

美緒の喘《あえ》ぎ声が本堂に響く。

ああ、喜三郎様、美緒、どうしたらよいのですか……ああ、はやく、喜三郎様の魔羅で、美緒をよがらせてください……美緒の穴をずっと塞いでいてくださいませ……ああ、そうでないと……美緒……。

珍念がおさねを摘まみ、ぎゅっとひねってきた。

「ひいっ」

美緒は歓喜の声をあげ、がくがくと躰を震わせる。

珍念が左右の手を引きあげた。美緒はがくっと膝をつく。

　すると、珍念が帯を解いた。着物の前をはだけるなり、魔羅が飛び出して、美緒の小鼻をたたいてきた。珍念も褌《ふんどし》をつけていなかった。

「ほら、魔羅を突きつけられたらどうするんだ、美緒」

　ぴたぴたと魔羅で頬をたたき、珍念が問う。

「いけません……もう、これっきりに……」

「そんなこと、おまえができるのかい、美緒」

　珍念が魔羅の先端を、美緒の唇に押しつけてきた。美緒は唇を閉じて、生臭坊主の魔羅を拒む。

「ほら、おまえが好きな魔羅だぞ」

　珍念がぐりぐりと鎌首を唇に押しつけてくる。小鼻から、珍念の牡《おす》の匂いが侵入してくる。坊主なのに、生々しい牡の匂いをむんむん発散していた。

　その匂いに、美緒はくらっとなり、唇を開いてしまう。

　そこに、珍念がずぶりと魔羅を入れてくる。

「う、ううっ……うんっ」

　口の中に入ってきた魔羅を、美緒は反射的に吸ってしまう。

　おゆるしください、喜三郎様……こんなはしたないおなごをおゆるしください。

喜三郎に謝りつつ、美緒は珍念の魔羅を吸っていく。口が、舌がとろけていく。大量の唾が出てくる。

珍念が魔羅を動かしてくる。美緒の口を犯してくる。

「う、うぐぐ……うう……」

美緒は美貌を歪《ゆが》めつつも、吸いつづける。美緒から唇を引くことはない。

「ああ、たまらん、ああ、たまらんぞ」

珍念がうなっている。

喉を突くと、魔羅を引きあげた。ねっとりと唾が糸を引く。美緒はそれを、じゅるっと吸った。

「入れてやるぞ、おまえの女陰を塞いでやるぞ」

「あ、ありがとう、ございます……珍念様」

美緒は立ちあがると、そばの文机《ふづくえ》に両手をついていった。文机は低く、そのぶん、臀部を高く差しあげることになる。

珍念が小袖と肌襦袢を同時にたくしあげた。むちっと熟れた双臀があらわになる。

「さっきまで、子供たちがいた場所で、尻を出す気分はどうだ、美緒」

尻たぼを撫でまわしつつ、珍念がねちねちと聞いてくる。

「ああ、つらいです……」

「では、穴を塞がれなくてもよいか」

そう問いつつ、珍念が尻の狭間に魔羅を入れてくる。蟻の門渡りを鎌首が通るだけでも、割れ目の奥がざわざわと騒ぐ。

「どうだ、美緒」

「ああ、塞いでください……おねがいします」

と、美緒は差しあげた双臀をくねらせていた。文机に両手をついていると、さっきまでいた子供たちの元気な笑顔が浮かんでくる。

まさか同じ場所で、先生が尻を出して、魔羅を欲しがっているなんて想像すらしないだろう。

珍念が割れ目を鎌首でなぞってくる。が、入れてこない。もっと欲しがるのを待っているのだ。

「ああ、珍念様……どうかひと思いに……突き刺してください」

美緒はさらに尻を差しあげていた。すると、ずぶりと魔羅が入ってきた。

「いいっ」

一気に子宮に当たるまで貫かれ、美緒は歓喜の声をあげていた。

珍念はすぐさま、激しく抜き差しをはじめる。

「いい、いい、いいっ」

美緒の歓喜の叫びが、本堂に響きわたる。

私は、この魔羅から逃れることができるのだろうか。喜三郎がまぐわってこないから、珍念の魔羅を欲していたが、喜三郎とまぐわうようになってからも、こうして求めてしまうのではないか。

もしかしたら、喜三郎より、珍念の魔羅がよいと思うようになるのではないか。

そんなことになる前に、逃げるのだっ。珍念の魔羅から逃げるのだ。

「おう、おう、よう締まるぞ、美緒」

珍念の突きは激しい。まさに楔《くさび》を打ちこまれる感じで、逃げようにも尻が動かない。

「ほらほらっ」

と、ぱんぱんっと尻たぼを張りはじめた。

最初は痛みが走ったが、すぐにそれにも快感を覚えてしまう。

「ああ、これが好きか、美緒。尻を張るとさらに締まるぞっ。ああ、たまらぬ」

と、さらに、ぱんぱんっと尻たぼを張られる。

「ああっ、もっと、もっと、美緒をぶってくださいっ……ああ、喜三郎様がいるのにっ……坊主の魔羅によがる美緒を……ああ、罰してくださいっ」

「そうだっ。おまえは罪深いおなごだっ、美緒っ」

ぱんぱんっと尻たぼを張りつつ、珍念が奥深くまでえぐってくる。

「いい、いいっ」

「なにをよがっているのだっ。これは罰なのだぞっ」

「ああ、ああっ、いい、いいのっ……」

突かれるたびに、美緒の躰は燃えあがる。すでに全身があぶら汗まみれになっていた。暑くて、すべてを脱ぎ捨てたい。素っ裸で、珍念の魔羅を受けたい。

「おう、夕立のときより、さらに締まるな。拙僧に惚れたか、美緒」

「いい、いいっ……」

「どうなのだ、美緒」

なにも答えないでいると、珍念がいきなり魔羅を止めた。子宮まで突いた状態で、止めたのだ。

「あっ、珍念様……」

どうして、と美緒は首をねじって珍念を見つめる。

「拙僧に惚れたか」

「…………」

「惚れたか」

動かない。美緒は自分から締めていた。ちょっとでも強く、魔羅を感じたかった。

「ああ、す、好きです……美緒、珍念様を……お慕《した》いしています」

責め欲しさに、いきたいばかりに、心にもないことを言っていた。

いや、そうなのか……心にもないことなのか……。

珍念が抜き差しを再開した。さきほどよりさらに、強烈に突いてきた。

「ひ、ひぃっ」

美緒は絶叫する。すでに、頭が白くなるときがあった。軽く気をやっているのか。白くなり、正気に戻り、また白くなる。

「お、おうっ、出そうだっ、美緒っ」

と、珍念も叫ぶ。

「くださいっ、珍念様の精汁をっ、ああ、美緒にくださいっ」

とおねだりしつつ、美緒は強烈に締めていった。

「ああっ、ああっ、なんて女陰だっ、ああ、魔羅が、魔羅が食いちぎられるっ」

おうっ、と雄叫びをあげて、珍念は射精させた。子宮に精汁を浴びた刹那、美緒も、

「いくっ」

と叫んでいた。四つん這いの躰をがくがくと震わせ、気をやった。

珍念が魔羅を抜いた。たっぷり出して、半萎えになっている。もちろん、精汁まみれだ。

美緒は尻を突き出したまま、はあはあと荒い息を吐いている。尻はあぶら汗で光っている。

「なにしているっ。ほらっ、掃除だ、美緒っ」

と、ぱんぱんっと珍念が美緒の尻たぼを張る。美緒は、あんっ、と甘い声をあげて、四つん這いの姿勢を崩すと、珍念のほうを見る。

仁王立《におうだ》ちの珍念の足下に膝をつくなり、お掃除いたします、としゃぶりついていく。

「ああ、よいぞ、美緒」

ためらうことなく、美緒は根元まで咥え、吸っていく。まだ満足していなかった。一度気をやったくらいでは、一度子宮に浴びたくらいでは、躰の疼きは鎮まらなかった。

むしろさらに欲しくなっていた。だから清めるためではなく、大きくするために、しゃぶっていた。

「うんっ、うっんっ」

美貌を上下させつつ、右手を股間に伸ばし、肛門を突いていく。

「おう、よいぞ」

口の中で、珍念の魔羅がぐぐっと太くなる。さらに肛門を突くと、七分ほど勃起を取りもどした。

「ああ、ください。もっと、美緒の穴を埋めてください」

「よかろう」

と、珍念はその場で板間に仰向《あおむ》けになった。八分ほど取りもどした魔羅が、天を向いている。

「素っ裸になって、跨《また》がってこい」

「はい、珍念様」

美緒は言われるまま、前をはだけていた小袖と肌襦袢を躰の曲線に沿って滑り落としていく。

腰巻は端《はな》からつけていないから、はやくも全裸となった。あぶら汗でぬらぬらに絖光《ぬめひか》り、全身から発情した牝の匂いを発散していた。

「牝だな、美緒。まさか、これほどまでに好き者だったとは。おなごは見かけではわからぬな。やはり、突っこんでみて、はじめてわかるな」

生臭坊主に牝よばわりされても、美緒は反発しなかった。むしろ、躰をぞくぞくさせていた。

珍念の股間に跨がり、腰を落としていく。魔羅はほぼ十割近く、復活していた。

「ああ、もう、こんなに……珍念様、お強いです」

魔羅をつかみ、その硬さに、美緒は火の息を洩らし、女陰をざわつかせる。

「強いのが好きか」

「はい、美緒は強い男が好きです」

喜三郎の顔が浮かぶ。が、それがすぐに珍念の魔羅に変わっていく。

強い男ではなく、強い魔羅が好きなのか。喜三郎の魔羅は美緒の割れ目の前で萎える。が、珍念の魔羅は出してすぐに、天を衝いている。

「珍念様……」

美緒は股間を魔羅に当てる。珍念は突きあげてこない。こちらから咥えてこい、ということだ。

美緒は我慢できずに腰を落とした。ずぶりと魔羅が入ってくる。

「あ、あうっ……」

瞬《また》く間に下から塞がれていく。美緒の穴に、垂直に魔羅が入ってくる。いっぱいになると、美緒はうっとりした表情を浮かべた。そして、自ら腰をうねらせはじめる。

「あっ、ああ……珍念様……ああ、美緒は強い男が……好きです」

「魔羅だろう。拙僧の魔羅が好きなのだろう」

「いいえ……違います……違うのです」

かぶりを振りつつ、腰をのの字にうねらせていく。

すると、珍念が突きあげはじめた。

「ひいっ」

一撃で、美緒はいっていた。

珍念は続けて突きあげてくる。

「いい、いいっ、いくいく……いい、いくっ、いく……」

美緒の躰は愉悦の業火《ごうか》に包まれていた。めらめらと脳髄《のうずい》まで灼《や》かれ、完全に自分を見失っていた。

第四章　ふたつの処女花

一

喜三郎は顔を洗うべく、井戸端に出た。今日は、昼間はつきそいの仕事はなく、美緒の手習い所で用心棒をやることにしていた。夜は、真中屋の主人とふたりの娘の大川の花火見物のつきそいである。

用心棒とはいっても、ただ本堂の隅に座っているだけである。

桶《おけ》を井戸に投げこみ、がらがらと引きあげていると、白いふくらはぎが目に飛びこんできた。

お菊長屋の物干し場で、美緒が洗濯ものを干していたのだ。伸びをしたとき、小袖《こそで》の裾《すそ》がたくしあがって、膝小僧《ひざこぞう》の裏までのぞいていた。

よくある眺めだったが、なぜか、喜三郎はどきりとした。美緒の尻の曲線が、妙に色っぽく感じた。

美緒は西国の藩では、清楚《せいそ》で可憐《かれん》なおなごであったが、江戸に来てからは、おなごの色気がにじみ出すようになっていた。が、ひと目を引くほどの色香はなかったのだ。

が、今は、洗濯ものを干しているうしろ姿で、喜三郎の視線を引きよせていた。

「美緒さん、男ができましたよ」

と、背後から奈美の声がした。

「男……」

「はい。あのふくらはぎ、あの腰まわり……ここ半月で、急に色っぽくなりましたよね」

「そうか。そうは見えないが……」

「うそばっかり。今も、美緒さんのふくらはぎを見て、はっとなさったんでしょう」

美緒が振り向いた。

「おはようございます」

と、頭を下げる。喜三郎にというより、奈美に対してだ。このところ、妙によそよそしい。まっすぐ、喜三郎の目を見てこない。

男っ。まさか、美緒に限って……しかし、美緒ももう魔羅《まら》のよさを知っている
おなごだ。そのおなごが、半年もひでり状態なのだ。

「たぶん、珍念和尚《おしょう》ですよ」

と、奈美が言う。

「珍念っ」

「間違いありません。美緒さんは、この長屋と妙蓮寺を往復しているだけですか
ら」

美緒が喜三郎の前を通り、自分の家に入った。かすかに香ってきた匂いが、喜
三郎が知る匂いと微妙に違っていた。

「香坂様、どうなさるおつもりですか」

「どうもこうも……」

「あれから、夜這《よば》いはかけていませんよね」

「そうであるな……」

美緒に夜這いをかけて失敗したことは、お菊長屋の連中はみな知っている。な
にせ、長屋内でのすべての行動が筒抜けだからだ。

「勃《た》たぬのだ」

「初音さんとはお会いしていますよね」

奈美が確信を持って、そう言う。

「えっ、なにを言っておる……会ってはおらぬ」

「うそばっかり。まぐわいましたって、顔に書いてありますよ」

「奈美さん……」

喜三郎は顔をごしごしこする。

「香坂様も、美緒さんと同じように、このところ、すっきりとした顔をなさっていますもの。美緒さんがお相手ではないなら、初音さんということになりますよね」

真中屋のふたりの娘の口にも出していたが、そのようなこと、奈美にわかるはずがない。

「会ってはおらぬ。あれっきりだ……」

「はいはい、そうですか」

奈美はまったく信じていないといった顔で、井戸端で野菜を洗いはじめる。

美緒が出てきた。

「行ってきます」

と、奈美に頭を下げる。

「わしも、あとから行くぞ。今日は、昼間はつきそいの仕事がないから、久しぶりに、手習い所に顔を出そうと思っているのだ」

「そうですか……」

美緒の横顔が強張《こわば》った気がした。あまりうれしそうではない。むしろ、迷惑そうに感じる。

そうなると、奈美の言ったことがよけい気になる。珍念の顔が浮かぶ。あの生臭坊主と美緒が……ありえないとは思うが、そこは男と女のことである。

美緒が去っていく。やはり、尻の曲線がそそった。

「瑞穂ちゃん、よく書けました」

と、美緒が朱色の筆で、教え子が書いたひらがなに丸をつける。瑞穂というのは、新しく入った大店《おおだな》の娘のようだ。ほかの子たちと着ている着物が違う。

妙蓮寺の本堂だ。三十人ほどの子供たちが集まっている。かなり教え子が増えている。手習い所は順調であった。

珍念が姿を見せた。

「香坂様」

と、喜三郎に向かって頭を下げる。そして、美緒を見る。美緒と珍念の目が合った。美緒がすぐに視線をそらす。

やはり、なにかある。しかし、美緒が珍念とまぐわっているなど、あるのだろうか。

美緒の形よく張った乳房に、珍念が顔を埋《うず》めている。珍念の腰に、美緒の白い太腿《ふともも》がまわされる。

「ありえぬっ」

喜三郎はかぶりを振る。珍念を見ると、じっと美緒を見ている。その目は小袖を透かして裸体を見ているように感じた。

美緒がこちらを見た。すぐに視線をそらす。蒼《あお》いうなじにほつれ毛が貼《は》りついていたが、それがいつになく、色っぽく見えた。

喜三郎は思わず、生唾《なまつば》を飲みこんだ。そして、勃起させていることに気づき、あっ、となった。

美緒と繋《つな》がる直前に萎《な》えてしまった魔羅が、珍念と美緒とのまぐわいを想像し、大きくなっているのだ。

なんてことだ……。

それからずっと、喜三郎は勃起させていた。

二

大川の両国橋近くには、今夜も多くの屋形船が集まっていた。

そのうちのひとつに、喜三郎は真中屋のふたりの娘と乗っていた。主《あるじ》の辰右衛門は急な用事ができて、屋形船に乗る前に帰ってしまったのだ。お開きにするかと思ったが、娘たちを頼みます、と任せられていた。

「うわあ、両国橋も見物の人たちでぎっしりですね」

と、比奈が言う。

「そうであるな」

一花と比奈は、付添人の喜三郎の左右に座っていた。普通、付添人は控えた場所に座るのだが、上座にいた。卓には、料理や酒が並んでいる。

「さあ、お猪口《ちょこ》を持ってください、香坂様」

徳利を手にした一花がそう言う。

「いや、お勤め中に、飲むわけにはいかぬ」

「なにを野暮なこと、おっしゃっているんですか。さあ、お猪口を」

と、一花が勧める。

「いや、遠慮申す」

「一花の酌《しゃく》では、飲めないとおっしゃるんですね、香坂様」

と、一花が泣きそうな顔になる。

「いや、そうではないぞ。お勤め中であるからだ」

「過日は、お勤め中で、私のお口に精汁を出されたではないですか」

と、一花が言い、船頭がちらりとこちらを見る。船頭は真中屋が贔屓《ひいき》にしている者ではないのか。

「安心してください。弥吉《やきち》さんも、八五郎《はちごろう》さんも、口が堅いから。ふたりとも、私と比奈が好きですからね」

ねえ、弥吉さん、と一花が年嵩《としかさ》の船頭に声をかける。すると、弥吉と呼ばれた船頭が、

「見ても、聞いても、あっしはすぐに忘れますから、お嬢様」

と答えた。恐ろしいことに、真中屋の娘たちは船頭たちを手なずけているのだ。

「さあ、お勤め中に、私に精汁を飲ませたのですから、酒くらい飲んでもいいでしょう」

どういう理屈なのかわからないが、そうかもしれぬ、と思ってしまう。

喜三郎は観念して、お猪口を手にした。すると、どうぞ、と一花が酌をする。

喜三郎はお猪口を口に運ぶ。上物《じょうもの》のくだり酒だ。なんとも旨《うま》い。

「比奈もお酌します」

と、妹も徳利を手にする。喜三郎は左手に座る比奈に空けたお猪口を出す。すると、どうぞ、と比奈が酒を注ぐ。それを飲むと、また一花が、どうぞ、と言ってくる。

断りきれず、二杯目も飲むと、比奈が、どうぞ、と言ってくる。二杯目も空けると、

「もう、よいぞ」

と言った。すると、一花が空いたお猪口に酒を注ぐと、自分の唇へと運ぶ。

そして、喜三郎の顔に美貌《びぼう》を寄せてきた。あっと思ったときには、唇を押しつけられていた。口移しだとわかった喜三郎は、口を開いた。閉じたままだと、一

花に恥をかかせることになる。

一花の唾が混じった清酒が注ぎこまれる。甘みが増して、これまた旨い。ごくりと一気に飲みほす。一花が唇を引き、

「どうですか」

と聞いてくる。

「旨かったぞ、一花さん」

と答えると、うれしい、と笑顔を見せる。すると、私もっ、と比奈も口に清酒を含み、喜三郎に愛らしい顔を寄せてくる。

口移しで受けていると、船頭の顔が目に入った。あきれた顔で見ていた。

「あの屋形船に、香坂喜三郎が乗っているはずです」

と、木島が言った。寄せます、と言い、船頭に命じる。

高時は木島とともに大川に来ていた。

きさぶろう、というのは、香坂喜三郎といい、お菊長屋に住んでいる浪人だと、幸田藩主の彦次郎に教えてもらっていた。

さっそく喜三郎の様子を窺《うかが》わせていると、今宵《こよい》、つきそいの仕事で大川に屋形

船で出ることを突き止めた。それで、喜三郎なる者の顔と様子を見るため、高時自ら花火見物も兼ねて大川に出たのだ。

「あれです」

「おなごに挟まれている男がそうなのか」

「はい。そのはずです」

「つきそいの仕事ではないのか」

「はい……」

「つきそいというのは、控えているものなのではないのか」

「普通はそうだと思われます……」

と、木島が答える。

「喜三郎とやらは、いったいなにをしているのだっ」

「俗に言う、口移しというものだと思われます」

「口移しとな……喜三郎と初音姫は好き合っているのではなかったのかっ」

「好き合っていると聞いております……」

初音というおなごがいながら、若いおなごと口移しという名の口吸いをやっている。しかも、左右に侍《はべ》らせ、交互に口吸いをしているのだ。

「あれが、真《まこと》に喜三郎なのかっ。なにかの間違いではないのかっ」

どかんっ、と花火があがる音がした。

三

「うわあっ、きれいですっ」

両国橋のそばで花火があがり、おうっと歓声があがる。両国橋はもちろん、大川端にも大勢の見物客が集まっている。そんななか、屋形船から眺めることができるのは、贅沢《ぜいたく》このうえないことであった。

また、どんっと音がして、花火があがる。夜空に、見事な花が咲く。

「すごいですっ、香坂様っ」

と、一花がしっかりと右手から抱きついてくる。すると、比奈も左手から喜三郎の腕にしがみついてくる。まさに両手に花である。

「たまやあ」

と、かけ声があちこちの屋形船からあがる。それをまねて、一花と比奈も、たまやあ、と声をあげる。

また、どどんっと花火があがる。すると、比奈が口吸いをしかけてきた。花火が夜空にひろがる様を眺めつつ、大店の娘と舌をからませる。

乙《おつ》なものとも言えたが、このようなことをしていてよいのか、と舌が引けてしまう。

「あんっ、どうなされたのですか。比奈とは口吸いをしたくないのですか」

と、比奈が頬《ほお》をふくらませて、喜三郎を甘くにらんでくる。その表情が、また愛らしい。

どかんっ、と花火があがる音がすると、あちこちから、

「かぎやあ」

と、声がかかる。一花も、かぎやあ、と声をあげ、喜三郎のあごを摘《つ》まむと、自分のほうに向かせるなり、唇を押しつけてきた。それだけではなく、右手をつかむと、身八《みや》つ口《くち》へと導いてきたのだ。

「う、ううっ……」

なにをする、と喜三郎は口にしたが、うめき声にしかならず、指先がやわらかなふくらみに触れた。肌襦袢《はだジュバン》は着ていないようだ。

まさか、ここでまぐわう気なのでは……。

「姉さんっ、自分ばっかり、ずるいっ」

と、比奈が喜三郎の左手を取り、こちらも身八つ口へと導いてきた。

喜三郎は花火があがるなか、右手で一花の乳房に触れ、左手でその妹の乳房に触れようとしていた。

「ああ、揉《も》んでください、香坂様」

と、一花が言ってくる。

「しかし、このような場所で……ほかの屋形船からまる見えではないか」

「大丈夫です。みな、花火を見ています。ほかの屋形船をのぞいている者などいませんから」

「そうかもしれぬが……」

どかんっ、と花火があがる音がして、たまやあ、とかけ声があがる。

そんななか、喜三郎は一花の乳房をつかんでいった。

「はあっ、ああ……」

一花がうっとりした表情を見せる。生娘《きむすめ》だが、過日、喜三郎と口吸いをし、精汁まで飲んで、おなごの喜びをわずかでも知ったように見える。

「ああ、比奈のお乳も、揉んでください、香坂様」

と、比奈がむずがるように鼻を鳴らしている。

喜三郎は船頭を見る。弥吉と八五郎はちらちらとこちらを見ている。

真に、口が堅いのだろうか。

「はやく、香坂様っ」

と、比奈にねだられ、喜三郎は左手で妹の乳房もつかんでいく。ぷりっと若さの詰まった揉み心地である。

「あんっ……」

と、比奈は甘い声をあげる。

「ああ、香坂様、もっと強く揉んでください」

と、一花に言われて、むんずと揉んでいく。

「はあっ、ああ……」

一花が火の息を吐く。

「比奈の手が遊んでいますよ、香坂様っ」

と、比奈に言われ、左手にも力を入れる。

「喜三郎とやらは、いったいなにをしているのだ。あやつの手は、どこにあるのだ」

「さて……」

と、木島は返事に窮している。

「乳であるよな。ふたりの娘の乳を、同時に揉んでおるのだっ」

高時は怒っていた。

初音が好きな男であるから、浪人の身とはいえ、りっぱな武士であると思っていたのだ。が、かなり想像とは違っていた。

「若殿っ、喜三郎の情けない姿を、姫様にお見せるのはいかがでしょうか。このような姿を見れば、百年の恋も冷めようというものではないでしょうか」

「なるほどっ。それは名案じゃ、木島っ」

高時は手をたたく。

「すぐにでも、この情けない姿を見せたいものだがな……」

高時は喜三郎をにらみつけていた。

一花が立ちあがった。これで終わりか、と思っていると、障子を閉めはじめた。

「なにをしている、一花さん」

それを見た比奈も立ちあがり、反対側の障子を閉めはじめる。どんっ、どんっと花火のあがる音が鳴っていたが、それが小さくなった。

障子を閉めてしまうと、ちょっとした密室となる。船頭からも見えない。

一花が左右に置かれた行灯《あんどん》に火をつけた。そして、小袖の帯を解《ほど》きはじめる。

それを見て、比奈も小袖の帯を解きはじめる。

「な、なにをするのだっ」

一花が小袖を脱いだ。いきなり、たわわに実った乳房があらわれる。

それを見て、すぐさま比奈も小袖を脱ぐ。こちらは、姉の乳房を凌駕《りょうが》するような巨乳があらわれる。

美人姉妹が腰巻だけとなり、喜三郎に迫ってくる。

「香坂様、私、決めました」

と言って、喜三郎の正面に座り、手を取ると、乳房に導いていく。喜三郎は導かれるまま、今度は正面より乳房をつかんだ。

「なにを決めたのだ」

「今宵、おなごにしてください」

「な、なにを言っているのだっ。一花さんは、嫁入り前の大切な身ではないか」

「香坂様が、一花をもらってくださいますか」

「なんだとっ」

「お嫁さんにしてくれませんか」

「なにを言っているのだっ。わしは浪人の身であるぞ……それに……」

「それに、なんですか」

「許婚《いいなずけ》がいるのだ」

「えっ」

と、一花と比奈が目を見張る。

「どうして、夫婦《めおと》にならないのですか」

比奈が聞いてくる。

「それはまあ、いろいろあるのだ」

「迷っていらっしゃるのですね」

「そうかもしれぬ……」

初音の顔が喜三郎の脳裏に浮かぶ。相手は姫だ。迷っても意味はなかったが、初音の処女花をおのが魔羅で散らしているゆえ、美緒と夫婦になる踏んぎりがつかなかった。

「それなら、夫婦にならないほうがいいですよ」

と、一花が言う。

「そ、そうか……」

「迷っていては、相手に失礼です。私が縁談を断っているのは、心の中に香坂様がいるからです」

「戯言《ざれごと》を申すでないぞ」

「戯言ではありません。本気です。本気なところをお見せします」

と言うと、一花が立ちあがり、喜三郎の鼻先で腰巻を取った。

喜三郎の前に、一花の花唇があらわれた。恥毛は薄く、ひと握りしかなく、すうっと通った秘溝は剝《む》き出しであった。

それは一度も開いたことのないように、ぴったりと閉じていた。

「これは……」

「この奥のものを、香坂様に差しあげます」

と、一花が言う。

「ならん、ならんぞっ」

「どうしてですか」

と言いながら、一花が剝き出しの恥部を喜三郎の顔面に押しつけてきた。

「う、ううっ……」

いきなり顔面を塞《ふさ》がれ、喜三郎はうめく。

「姉さんばっかり、ずるいわっ」

と、比奈も腰巻を取る気配を感じた。顔面を姉の恥部で覆《おお》われていて、見ることはできない。

「一花をお嫁さんにしてくださいっ」

と言いつつ、さらに押しつけつづける。

「香坂様っ、比奈をお嫁さんにしてくださいっ」

と、一花を押しやるようにして、剝き出しにさせた恥部を押しつけてくる。

比奈の股間には恥毛が生えていなかった。すうっと通った割れ目だけが、迫ってくる。

ぐりっと鼻に割れ目を押しつけられた。

「ううっ、ならんぞっ、比奈さんっ」

喜三郎は目眩《めまい》を覚えていた。

四

「どうして障子を閉めたのだっ」

「恐らく、喜三郎がそうしろとふたりのおなごに命じたのではないですか」

「なにをするためだっ」

「それはもう、決まっております」

「なんて男なのだっ。すぐに、ここに初音姫を連れてくるのだっ、木島っ」

と、高時は叫ぶ。

障子越しに、影が見えた。おなごらしき影が、着ているものを脱ぐ仕草が見えた。と同時に、豊かな乳房の影が浮かびあがった。

「おなごが脱いだぞっ」

腰巻も取る動きを見せて、喜三郎らしき影の顔に、股間を押しつけていくのがわかった。

「なにをしておるっ。顔で、おなごのあそこを受けているのかっ」

「そのようですね」

「武士としてあるまじきことだ。浪人の身とはいえ、武士としての矜持《きょうじ》はないのかっ、喜三郎っ」

　もうひとりのおなごも裸になるのがわかった。そして、股間を喜三郎の顔面に押しつけていく。

「あやつ、どうして、顔を引かぬっ。どうして、拒《こば》まぬっ」

　高時は真っ赤になって叫んでいた。

「初音姫に、この情けない姿を知らせなければっ」

「しかし、そのようなことを話されても、姫様が信じますでしょうか。あまりに情けなさすぎて、喜三郎を貶《おとし》めるべく、若殿が作り話をされているとしか思わないでしょう」

「確かに、そうかもしれぬな」

　喜三郎の顔面に、ふたりのおなごが交互に恥部を押しつけている。喜三郎は拒むことなく、ふたりの恥部責めを顔面で受けつづけている。

　情けないにもほどがある。情けなさすぎて、初音に話しても、偽《いつわ》りだとしか思われぬだろう。

「あっ、喜三郎が押し倒されたぞっ。あっ、おなごが喜三郎の腰を跨《また》ごうとしているぞっ」

高時は身を乗り出していた。

「ならんっ」

と、喜三郎は魔羅をずらし、起きあがろうとした。

一花は魔羅をつかみ、固定させると、あらためて、喜三郎の腰を跨いでこようとする。

「ならんぞっ、大切な処女花をわしの魔羅なんかで散らしてはならぬっ」

「よいのですっ」

と、一花が股間を下げてくる。先端が割れ目に触れる。

「ならんっ」

と、喜三郎は強く一花の裸体を押してしまう。すると、あっ、と一花が倒れていった。

「痛いっ」

と、一花が美貌を歪《ゆが》めて、足をさする。

「あっ、すまないっ」

喜三郎はあわてて一花の足を手に取ろうとする。すると、香坂様っ、と一花が抱きついてきた。

騙《だま》されたかと、思わず強く押しのけた。すると障子に当たり、障子ごと座敷の外に飛び出た。

弥吉が目を見張った。

「お嬢様っ」

いきなり全裸の一花を目にして、驚きの表情を浮かべる。

「大事ないかっ、一花さんっ」

と、あわてて出てきた喜三郎も裸である。しかも、魔羅は天を衝《つ》いていた。

「あっ、香坂の旦那《だんな》っ……これはっ」

「なんでもないのだっ」

「お嬢様、大丈夫ですか」

「はい……」

とうなずき、一花は座敷に戻り、喜三郎にまたも抱きついてくる。すると、だめっ、と比奈が一花を押しやり、抱きつこうとする。

「ふたりともならんっ」

と、喜三郎が叫ぶと、

「助けてっ」

と、一花が叫んだ。

「やっぱり、これはっ」

と、弥吉が棹《さお》を甲板に置いて、助けに入ろうとする。

「違うのだっ、弥吉っ。誤解だっ」

と、喜三郎があわてて一花を抱きよせる。拒んだから、助けて、と叫んだのだ。

障子とともに、裸のおなごが飛び出てきた。

「なんだっ」

ずっと喜三郎の屋形船を見ていた高時も、目をまるくさせていた。

「助けてっ」

と、裸のおなごが叫んだ。ちょうど、花火があがっていないときだった。

「聞いたかっ、木島っ」

「はいっ」

「助けるぞっ」

寄せろっ、と木島が船頭たちに命じる。へいっ、とふたりの船頭が棹を力強く動かす。高時を乗せた屋形船は、一気に迫った。

「誤解だっ、弥吉っ。障子を閉めてくれ」

喜三郎は一花の裸体を抱いていた。勃起したままの魔羅をお互いの股間で挟んでいる状態だ。

「だめっ、姉さんばかりいやですっ」

と、比奈も抱きつこうとする。一花だけ抱いていてはまずい、と一花を放そうとするが、一花はしがみついて離れない。

すると今度は、比奈が外に向かって、

「助けてっ」

と叫ぶ。やっぱりこれはっ、と弥吉が助けに入ろうとすると、がたんっ、と屋形船が揺れ、ひとりの若い武士が飛び乗ってきた。

「放すのだっ、喜三郎っ」

その若い武士が喜三郎に向かって、そう言った。

喜三郎は驚いた。見知らぬ武士だったからだ。どうして、わしの名を知っている。しかも、苗字《みようじ》ではなく、いきなり名前で呼んできた。

「さあ、放さないと、斬《き》るぞっ」

と、若い武士が腰から大刀《だいとう》を抜いた。それを見て、ひいっ、と一花と比奈が叫ぶ。比奈も喜三郎にしがみついてくる。

「どなたか知らぬが、誤解なのだ。助けは求めておらぬ」

「いやがっているのではないのかっ」

「違うっ。一花さん、比奈さん、いやがっていないと、証《あかし》を見せてくれ」

そう言うと、一花が喜三郎に口吸いをしてきた。たわわな乳房を胸板にこすりつけ、ぬらりと舌を入れてくる。

それを見た比奈がその場にしゃがむと、姉と口吸いをしている喜三郎を横向きにさせた。そして、反り返ったままの魔羅にしゃぶりついてきた。

「なんと、これはっ」

若い武士が目をまるくさせる。あれっ、と弥吉は素《す》っ頓狂《とんきよう》な声をあげ、持ち場に戻る。若い武士はとても高価そうな着物を着ていた。立ちふるまいも堂々としていた。かなり位の高い武士に見えた。

口を吸っていた一花が唇を引いた。そしてすぐに、その場にしゃがむと、咥《くわ》えている妹の頬を突く。すると、比奈が唇を引いた。一花が右手から鎌首《かまくび》に舌をからませる。それを見て、比奈が左手から舌をからませてきた。

美人姉妹の同時の尺八《しゃくはち》である。

「これで、おわかりいただけたかな」

「なんと……これは……初音姫にお教えしなければ」

と、若い武士が言った。

五

「初音、姫……」

「そうだ。初音姫だ。おぬしの恥知らずな行動を、初音姫の耳に入れようぞ」

と、若い武士が言う。

「初音姫とはなんですか」

一花が舌を引いて、喜三郎を見あげて問うてくる。

「なんでもないのだ」

「美緒さんだけではないのですかっ」

と言って、一花が立ちあがる。

「美緒さんというのは、なんであるかっ」

と、若い武士が一花に問う。

「香坂様の許婚です」

「なんとっ、おぬしには許婚がいるというのかっ。そのことを、初音姫は知っているのかっ」

この若い武士はもしや、黒崎藩五万石の若殿っ。

「そなたは、高時様でございますか」

と、喜三郎は比奈に鎌首を舐《な》められた姿のまま問うた。

「おぬしは、喜三郎であるな」

高時はうなずき、そう問う。

「はい。香坂喜三郎です。初音様は、高時様とともに、幸田藩の民のために尽くしたいと思っておられますっ。どうか、幸田藩に婿入《むこい》りなさってください」

と、喜三郎は言った。

「なんと……」

思わぬことを言われたのか、高時は目を見張っていた。

「私と初音姫はなにもありません。私には、このふたりの姉妹がおります。ふたりの相手をするだけでも、大変なのです」

と言うなり、今度は喜三郎のほうから一花の唇を奪った。ぬらりと舌を入れると、一花はからませてくる。

喜三郎は比奈の手をつかみ、立ちあがらせた。そして、一花から口を引くなり、妹の唇を奪う。比奈の唇に舌を入れると、比奈も舌をからませてくる。

「一花、比奈、ふたりとも、そこに這うのだっ」

と、座敷を指さした。

「香坂様、初音姫とはどういう関係なのですかっ」

と、一花と比奈が声をそろえて聞いてくる。

「なにも関係ないっ。わしには、おまえたちがいるっ」

「香坂様っ」

「そのことを、その若殿にわからせてやるのだっ。ほらっ、尻を出せっ」

はいっ、と一花と比奈がそろって四つん這いの形を取っていく。

一花の尻も、比奈の尻も、ぷりっと張って若さが詰まっている。なにより、ふたりともおぼこなのだ。

高時に初音など頭にない、とわからせるために、大店の娘たちの処女花をこのような場所で散らしてもよいのか……。

いや、ここまで見せつけなければ、若殿も納得しないであろう。ここで、ふたつの処女花を散らせば、初音も喜三郎に愛想を尽かすであろう。

すまぬっ、一花っ、比奈っ。これも幸田藩のためだ。

浪人の身であっても、喜三郎はどこまでも武士であった。

「高時様っ、どうか、その目でしっかりと見ていなさるがよいっ。初音様にお話しされるがよいっ」

喜三郎は一花の尻たぼをつかんだ。高時や弥吉、そして高時の近習《きんじゅう》が見ていても、喜三郎の魔羅は見事天を衝いたままであった。

その肉の刃《やいば》を、一花の尻の狭間《はざま》に入れていく。

「よいのだな、一花っ」

「はいっ、香坂様っ」

「散らすぞっ」

と言って、魔羅を進めていく。蟻《あり》の門《と》渡《わた》りを通る。

「散らすとはなんだっ。まさか、ここで今、そのおなごの処女花を散らすというのかっ」

高時が驚きの声をあげる。

「そうだっ」

と叫び、喜三郎は鎌首を一花の処女の扉に当てた。

「参るぞっ」

「はいっ」

喜三郎は迷うことなく、一気にめりこませた。

「あっ、い、痛いっ」

と、一花が逃げるような尻の動きを見せた。が、喜三郎はそのまま構わず、ぐぐっと魔羅を進めた。薄い膜を感じた。これが処女の膜だ。

「散らすぞっ、一花っ」

と宣言して、魔羅を突き出した。

「痛いっ」

と、一花が声をあげた。

「姉さんっ」

「なんてことをっ」

と、高時も叫ぶ。そんななか、喜三郎は構わず、処女花を散らすと、さらに奥へと進めていく。当然のことながら、一花の穴はきつきつであった。幸い、蜜が大量に出ていて、おなごの粘膜を傷つけることはなかった。

「あう、うう……」

なおも、一花の尻は逃げようと動く。が、喜三郎はがっちりとつかみ、ぐぐっ、ぐぐっと一花の処女穴をえぐっていく。

「う、ううっ……」

一花はもう痛いとは言わなかった。

「大丈夫……姉さん」

「ああ、大丈夫よ……ああ、香坂様の魔羅でおなごになれて……ああ、一花は幸せよ」

一花がみなに向かって、そう言う。

喜三郎は奥まで入れた魔羅を抜きはじめる。

「えっ、どうして、抜くのですかっ」

「比奈の処女花も散らさないとな」

「いやですっ。比奈はまだ子供ですっ」

と、一花が叫ぶ。

「比奈も、もう大人よ、姉さんっ。いつでも魔羅を受け入れられるわっ」

と、一花の隣で、掲げた尻を振る。

喜三郎が一花から魔羅を抜いた。

「さあ、どうだっ」

と、喜三郎は若殿に、一花の鮮血がにじんだ魔羅を見せつける。

高時は圧倒されていた。なにも言わず、立っている。弥吉も、すごい、となっている。八五郎は反対側にいて、こちらにはいない。

喜三郎は姉の鮮血がにじんだ魔羅を、妹の尻の狭間に入れていく。

蟻の門渡りを通ると、ああ、と比奈がぶるっと尻を振る。

「比奈、おまえの処女花を散らしてもよいのだな」

と、割れ目に鎌首を当てた状態で、喜三郎は問う。

「はい。散らしてください、香坂様」

「承知した」

喜三郎は妹の尻たぼをぐっとつかむと、腰を突き出した。が、こちらはすぐには入らなかった。入口が狭すぎて、うしろ取りで入れても、うまくはまらない。

「ああ、香坂様っ、はやく、比奈を散らしてください」

「すぐに、散らしてやるぞ」

鎌首がめりこんだ。

「痛いっ」

わずかにめりこんだだけであったが、比奈が苦痛の声をあげる。

が、もうここで引きあげるわけにはいかない。喜三郎は極狭の穴をえぐっていく。すると、先端が薄い膜に触れた。

「散らすぞ、比奈」

「はいっ」

喜三郎は魔羅を進めた。薄い膜はあっさりと破れ、ずずっと鎌首がめりこんでいく。

「ひいっ」

と、比奈が絶叫する。が、もう誰もやめろとは言わない。まあ、すでに花びらは散ってしまっているから、今やめても同じだったが……。

「おうっ、すごい締めつけだ、比奈」

「う、うう……裂けますっ、ああ、比奈の女陰《ほと》、裂けますっ」

「比奈っ」

と、隣で四つん這いのままの一花が、妹の手をぎゅっとつかむ。

「姉さんっ、裂けるのっ」

「抜いてもらうの」

「まさかっ、もっと奥まで入れてくださいっ、香坂様っ」

激痛に耐えつつ、比奈が叫ぶ。

「よく申したっ、比奈っ」

喜三郎も強烈な締めつけに耐えて、極狭の穴を進んでいく。

「なんと、姉妹ふたりを同時に散らせたのかっ」

若殿は驚愕《きょうがく》の声をあげる。すごいですぜ、旦那、と弥吉がうなる。

そんななか、喜三郎は比奈の穴を完全に塞いだ。

「どうだっ」

「あ、ああ……香坂様の魔羅で……ああ、おなごになれて……比奈も幸せです」

「そうか」

喜三郎は比奈の穴から魔羅を抜いていく。ちょっとでも気を抜くと、果てそうだったからだが、今ここで比奈に出すわけにはいかぬ。出せば魔羅は萎える。

萎えた魔羅を若殿に見せたくはない。

強靱《きょうじん》な魔羅で、美人姉妹をよがらせまくる姿を見せつけるのだ。初音姫の穴などいらぬ、美人姉妹のふたつの穴で間に合っているとわからせるのだ。

比奈の女陰から魔羅を抜いた。一花と比奈の鮮血が混じり合っている。

「わしには、このふたりの穴があります。初音姫の穴など、高時様にくれてやりましょうぞっ」

と、見栄を切る。

「ううむ」

と、高時がうなる。

「なにをしている、一花、比奈。ほら、おまえたちの舌で清めるのだ」

はい、と仁王立《におうだ》ちの喜三郎の足下にふたりで並び、右から一花が、左から比奈が舌を這わせてくる。そして、自分たちをおなごにした魔羅を、ていねいに舐めていく。

ありがとうございました、と礼を言っているようだ。

「納得なされましたか」

と、喜三郎は高時に聞く。

「御免……」

と、高時が自分の屋形船に戻っていった。

六

「喜三郎という男、凄《すさ》まじかったな」

「はい……驚きました……ふたりの生娘を一度に……私たちの目の前で……恐ろしい男です」

と、木島が言う。

ふたりを乗せた屋形船は船着場に向かっていた。

喜三郎たちの屋形船は再び障子が閉じられている。恐らく、あの凄まじい肉の刃で、美人姉妹をよがらせまくっているのであろう。

「あの魔羅で……初音姫もおなごにされたのだな」

「はい……」

「だから、忘れられぬのだ……あの魔羅の虜《とりこ》となってしまっているのだ」

「そうかもしれません」

「木島、どうしたらよいのだ。わしはどうすればよいのだ」

「若殿の魔羅で、初音姫の躰《からだ》を喜三郎から奪い取るしかございません」

「わしの魔羅でか……あの凄まじい魔羅に勝てるかのう」

「勝てます……」

苦渋《くじゅう》の表情で、近習がそう言った。


「あ、ああっ、一花に出してくださいっ」

「だめですっ。出すのは比奈ですっ」

と、一花の隣で、比奈が尻を振る。

喜三郎は一花の女陰を突いていた。はやくも、痛い、と言わなくなった。大量の蜜にまみれた肉の襞《ひだ》がねっとりとからみつき、くいくい締めてきている。

このまま一花に出してしまおうかと思うが、そうもいかない。

姉妹を続けておなごにしたが、どう決着をつけてよいのかわからない。一花も比奈も喜三郎の精汁を欲しがっている。

暴発の予感を覚えた喜三郎は一花の女陰から魔羅を抜いていく。

「あんっ、だめですっ」

一花が逃がすまいと強烈に締めてくる。

「おうっ、ならんっ」

果てそうになる寸前で、魔羅が抜け出た。もう鮮血はなく、蜜だけでぬらぬら絖光《ぬめひか》っている。

喜三郎は比奈の尻たぼをつかむと、ぐっと引きよせ、姉の蜜まみれの魔羅で突き刺していく。

「あうっ、うう……」

比奈のほうは、まだ痛そうだ。

「痛むのなら、抜くぞ」

「だめっ、このまま奥までくださいっ」

比奈の女陰も締めてくる。姉の肉襞のようにねっとりとからみつくのではなく、ぴたっと貼りつき、強靭《きょうじん》に締めあげてくる。

「ううっ」

と、喜三郎はうなる。このまま比奈に出してしまいそうだ。

それを察知した一花が、

「比奈に先に出したら、父に言いつけますっ」

と叫ぶ。

「言いつけるとは、なにをだっ」

「香坂様が無理やり、一花と比奈の処女花を散らしたと」

とんでもないことを言い出す。

「それはならんぞっ」

一花がそう訴えたら、辰右衛門は当然信じるだろう。大変なことになる。

それは避けたい、と喜三郎は比奈の女陰から魔羅を抜こうとする。すると、比奈も、

「比奈に先にくださらないと、父に言いつけますっ」

と、同じことを言い出す。

どうしたらよいのだっ、と喜三郎は魔羅を引き抜き、すぐさま一花の女陰に、うしろ取りで入れようとする。すると、

「本手《ほんて》でください」

と、一花が言い、四つん這いの形を解くと、座敷に仰向《あおむ》けとなる。

すでに花火は終わっていた。

「お嬢さんっ、どうしますかっ」

と、障子越しに弥吉が聞いてくる。

「しばらく大川を流して、弥吉」

と、一花が言う。

「遅くなると、旦那様が」

「つきそいの香坂様がおられるから大丈夫よ」

本来なら、一花と比奈を守るはずの喜三郎が、ふたりの処女花を散らしてしまっている。

一花が自ら両足を開き、ください、と言う。割れ目はぴっちりと閉じている。すでにおなごとなり、何度も突かれていたが、まったくそのようには見えない。

喜三郎は両足の間に腰を入れると、妹の蜜まみれとなっている鎌首を、割れ目に向けていく。

当てると、ぐぐっと突いていった。

「ああっ、香坂様っ」

一花がしなやかな両腕を伸ばし、喜三郎を呼びこもうとする。喜三郎は深々と貫きつつ、上体を倒していく。

一花が二の腕をつかんできた。と同時に、両足で腰を挟みこんできた。

「なにをする」

「このまま一花にくださいっ」

そう言うと、唇を押しつけてきた。ぬらりと舌を入れつつ、女陰で締めてくる。完全に一花に捕らえられてしまった。上の口も下の口も塞がり、両手両足も巻きついている。

喜三郎は動いていなかったが、それでも気を抜くと、すぐに出しそうだ。一花の女陰がきゅきゅっと締めてくる。

これはかなりの名器である。どんな男もこの女陰で締められたら、いちころであろう。生娘ではなくなったが、この女陰で締めれば、いつでも嫁に行けるであろう。

「ううっ」

出そうだっ、と告げる。

「ああ、くださいっ、そのままくださいっ」

「いや、いやっ」

と、隣で比奈が叫ぶなか、喜三郎は一花の子宮《こつぼ》に向けて射精させた。

「おう、おうっ」

障子を突き破るような雄叫《おたけ》びをあげて、喜三郎は魔羅を脈動させる。

「あっ、い、いく……」

はやくも一花がいまわの声をあげ、汗ばんだ裸体をがくがくと震わせる。

脈動を続ける魔羅を、一花の女陰はさらに締めてくる。

「おうっ、魔羅が食いちぎられるっ」

喜三郎はふぐりが空になるまで、一花の中に注ぎつづけた。

第五章　汚《けが》れた躰《からだ》

一

「あら、忘れものだわ」

教え子たちが帰り、あと片づけをしていると、お守りを見つけた。瑞穂が座っていた場所だ。父親からもらったもので、美緒も見せられたことがあった。とても大切にしていると言っていた。

今なら瑞穂に追いつくかもしれないと、美緒はあわてて本堂を出た。

参道を走り、山門から出ると、瑞穂の姿を見かけた。いつもなら、丁稚《でっち》が迎えに来るのだが、今日は姿を見せていなかった。ひとりでも帰れるからと、瑞穂はお迎えなしで本堂を出ていたのだ。

「瑞穂ちゃんっ」

と、声をかけたが、離れていて聞こえない。

美緒がさらに駆け出すと、十字路の右手から、浪人らしき男たちが三人姿を見せた。瑞穂の前にひとりが立ち塞《ふさ》がり、ほかのふたりで囲む。

「なにっ……」

「いやっ、助けてっ……」

と、瑞穂の声が聞こえてきた。と同時に、駕籠《かご》が近寄ってきた。気を失った瑞穂が駕籠に入れられようとしているのが見えた。

「待ちなさいっ」

美緒は一気に駆け寄ると、浪人者たちの間に入り、垂れをめくった。瑞穂は猿轡《さるぐつわ》をかまされていた。

「瑞穂ちゃんっ」

肩を揺さぶり、起こそうとする。

「なにをしているっ。邪魔するなっ」

「瑞穂ちゃんっ」

瑞穂を駕籠から出そうとしたとき、肩に衝撃が走った。すうっと気が遠くなった。

頬《ほお》に痛みが走り、美緒は目を覚ました。

「ほう、いい女じゃないか」

髭面《ひげづら》の男が、美緒の顔をのぞきこんでくる。息が臭い。美緒は美貌《びぼう》をしかめた。

「ほらっ、いやがっているじゃないか」

と、別の男がのぞきこんでくる。赤銅色《しゃくどういろ》に焼けている。日傭取《ひようと》りで生きているようだ。

「瑞穂ちゃんはっ」

と、美緒は叫び、まわりを見まわす。

どこぞの家の中だった。十畳ほどあるだろうか。奥にうしろ手に縛られて、猿轡をかまされたままの瑞穂がころがっていた。

「瑞穂ちゃんっ」

美緒もうしろ手に縛られていた。立ちあがろうとすると、髭面が抱きついてきた。

「放してっ」

「取り引きが終わるまでの暇つぶしには、ちょうどいいぜ」

と言って、髭面が口を美緒の唇に押しつけてくる。

「取り引きって、なにっ」

と開いた唇に、髭面が舌を入れてくる。美緒はそれをかんだ。

「痛てっ、なにしやがるっ」

ぱんっと平手を張ってきた。あっ、と美緒は崩れる。

「おい、いい女に手をあげるなんて、野暮なまねをするんじゃないぜ」

と、赤銅色の浪人者が倒れた美緒の頬を撫《な》でてくる。

「取り引きって、なにっ」

「俺と口吸いしたら、教えてやるぞ、女」

と、赤銅色が言う。美緒がうなずくと、口を押しつけてきた。美緒が唇を開くと、ぬらりと舌を入れてくる。美緒はそれにおのが舌をからめていった。

「おいおい、いい顔で口吸いするじゃないか」

髭面が、俺も吸ってくれ、と言う。美緒は赤銅色の口から唇を引くと、髭面の口に唇を押しつけ、ぬらりと舌を入れていく。

「あの娘が百両にかわるのさ。そうしたら、あの娘もおまえも自由にしてやる」

「人攫《ひとさら》いねっ」

「さあな」

と言って、髭面が小袖《こそで》の前をつかみ、肌襦袢《はだジュバン》とともに、ぐっと引き剝《は》いできた。たわわに実った乳房があらわになる。

「ほう、これは上物《じょうもの》じゃないかっ」

髭面の目の色が変わる。乳房に顔を埋《うず》めてくる。

「やめなさいっ」

美緒は立ちあがろうとするが、背後から赤銅色の浪人者が抱きつき、乳房を鷲《わし》づかみにする。

うしろ手に縛られた状態で前後を挟まれ、美緒は抵抗できずにいた。

「ああ、乳首が勃《た》ってきやがったぜっ。俺の乳吸い、気に入ったかい」

乳房から顔をあげ、髭面が聞く。その間も背後から、赤銅色が乳房を揉《も》みしだいている。

「瑞穂ちゃんっ、起きてっ、瑞穂ちゃんっ」

懸命に名前を呼んでいると、瑞穂が目を覚ました。

「う、ううっ」

「逃げてっ」

瑞穂が立ちあがった。うしろ手縛りのまま、走り出す。が、髭面も赤銅色もあわてない。美緒の乳房に手を出しつづけている。

瑞穂が出入口の戸に躰《からだ》ごとぶつかっていく。すると、戸が開いた。

「お嬢ちゃん、だめだよ」

鬼のような面相の浪人者がしゃがんで、瑞穂の顔に顔面を寄せていった。すると、瑞穂がまたも気を失った。

「捕らえるときも、わしの顔を見て気を失ったが、またか」

瑞穂を抱え、部屋の隅に運ぶと、こちらに寄ってきた。すると、ふたりが脇にずれた。どうやら、この鬼が首謀者のようだ。

「ほう、いいおなごじゃないか。乳もよさそうだ」

と言うと、むんずとつかんできた。

「瑞穂ちゃんを解放してっ。私を好きにしていいから、瑞穂ちゃんを放してっ」

「おまえはいいおなごだが、いきなり百両にはなるまい。しかし、あの娘は百両になるんだよ」

鬼の面相をした浪人者が、着物の帯を解《ほど》きはじめた。

それを見て、髭面と赤銅色も着物の帯を解きはじめる。

「な、なにをするつもりなの」

「好きにしていいんだろう。好きにさせてもらうぜ」

「瑞穂ちゃんを逃がしたら、自由にしてもいいと言っているの」

「そうだったかい」

と、鬼面の浪人者が仲間に聞く。

「いや、わしたちが好きだから、好きにしてと言っていたぞ」

と、髭面が言い、そうだな、と赤銅色がうなずく。そして、三人いっしょに、下帯《したおび》を取った。

三本の肉の刃《やいば》が、にゅうっと美緒に向かって突き出してきた。

「ひいっ」

と、美緒は息を吞《の》む。ぎりぎり気は失わなかった。気を失ったら、その間、なにをされるかわからないからだ。

「まずは、しゃぶってもらうかな」

と、鬼面が尻餅《しりもち》をついた美緒の口もとに魔羅《まら》を突きつけてきた。

「わかっているだろうが、変なまねをしたら怒り狂って、お嬢に手を出すかもしれないぜ」

そう言いながら、ぴたぴたと美緒の頬をたたいてくる。

「瑞穂ちゃんには手を出さないで」

と言うと、美緒は鬼面の魔羅にくちづけていった。

二

お菊長屋の自宅で寝転んで、一花と比奈をこれからどうするか、と考えていると、どんどんと腰高障子をたたかれた。

「香坂様っ」

と、珍念の声がする。ただならぬ口調に、喜三郎は起きあがり、開いているぞっ、と声をかける。

すると腰高障子が開き、珍念ともうひとり大店《おおだな》の主《あるじ》ふうの男が立っていた。

「香坂様、どうかお力をお貸しください」

と、珍念が言い、瑞穂ちゃんのお父上です、と大店の主ふうの男を紹介した。

「美緒さん、帰っていますか」

「いや、まだだが」

「やはり……美緒さんと瑞穂ちゃんが攫われたのです」

珍念が苦悶《くもん》の表情でそう言った。

話を聞いた喜三郎は、大垣屋《おおがきや》の主である誠一郎《せいいちろう》と珍念とともに、深川《ふかがわ》に向かっていた。

深川の小名木川《おなぎがわ》沿いの円善寺《えんぜんじ》まで、娘を助けたければ百両を持ってこい、と大垣屋の主宛に文《ふみ》が届けられたのだ。

「恐らく、手代《てだい》だった磯次《いそじ》の仕業です」

円善寺に向かう猪牙船《ちょきぶね》の中で、誠一郎がそう言った。百両が入った袋を背負っている。

「磯次は店の金を僅《わず》かずつ抜いていたのです。それが発覚して暇を出しました」

「町方には突き出さなかったのか」

「商売柄、表沙汰《おもてざた》になるのがいやで、咎《とが》めなしで店を追い出したのです。だから、復讐《ふくしゅう》を兼ねて、町方には言わないと踏んで娘を攫ったのでしょう。愚かな男です。かわいがっていた手代だったのですが……」

「そうか」

　実際、町方には言っていない。珍念が信頼できる用心棒がいると、喜三郎のことを誠一郎に話したのだ。

　美緒は手習い所の片づけの途中で、忘れ物を見つけ、瑞穂に渡そうと本堂を出て、それっきり姿を見せていないという。恐らく、瑞穂を助けようとして、ともに捕らわれたのであろう。

「ここからが近いです」

と、船宿鶴屋《つるや》の船頭の勝吉《かつきち》が言った。なにかと世話になっている船頭である。

船着場に留めて、勝吉も入れて四人は降りた。勝吉が円善寺を知っていた。

「あれです」

しばらく歩くと、山門が見えた。小さな寺だった。

「もうずいぶん前から廃寺となっています」

と、勝吉が言う。

「ここからは、私と珍念様のふたりで参ります」

と、誠一郎が言う。そして、ふたりで山門を潜《くぐ》っていく。

「寺に、瑞穂ちゃんと美緒がいればよいのだが」

「裏手から入れるところを知っています」

行きましょうと、勝吉が寺の真横の小道に入っていく。妙に張りきっている。鶴屋の料理人で、忙しいときだけ船頭もやっていたが、こういうことが好きなのだ。

寺の壁沿いに小道を進むと、人が通れるくらいの穴があった。

「この向こうに庫裏《くり》があります」

「そうか」

勝吉がしゃがんで、穴を潜っていく。そのあとに、喜三郎が従った。腰に一本差している。

本堂が見えた。その前で、手代らしき男と、誠一郎と珍念が向かい合っている。あれが磯次であろう。

瑞穂と美緒を攫ったと思われる輩《やから》たちの姿はない。一対二では、珍念たちに分があるのでは。まあ、瑞穂の居場所がわからないうちは、うかつに動けないであろうが。

磯次が庫裏のほうを何度も見ている。すると、

「あっ、ああっ……」

おなごの声が庫裏から聞こえてきた。

「ああっ、いいっ、魔羅、いいっ」

「あれは……美緒ではないか」

「行きましょうっ」

と、勝吉が庫裏に向かって駆け出す。喜三郎もあとを追う。

「いい、いいっ……」

おなごの、いや、美緒のよがり声が大きくなっている。恐らく、瑞穂と美緒を捕らえた輩たちが、美緒に……。

勝吉が庫裏の戸を開いた。そのとたん、

「いく、いくっ」

と、いまわの声が聞こえてきた。喜三郎は勝吉を押しやるようにして、中に入った。

「これは、なんとっ」

裸の男たち三人と、裸のおなごがひとりいた。裸のおなごは美緒であった。

美緒は四つん這《ば》いで、うしろ取りで貫かれていた。そして、その美貌の前には二本の魔羅が突き出されていた。

「誰だっ」

「美緒の許婚《いいなずけ》だっ」

「なにっ」

「ゆるさんっ」

喜三郎はそう叫ぶと、腰から大刀《だいとう》を抜いた。そして、あわてて美緒の女陰《ほと》から魔羅を抜こうとして、なかなか抜けないでいる鬼のような面相の男の腹を斬《き》った。

「ぎゃあっ」

と、鬼面が叫んだ。一気に魔羅が萎《な》えたのか、美緒の尻から離れた。逃げようとするところに、袈裟懸《けさが》けを見舞う。

「おまえたちも美緒に入れたのかっ」

と、喜三郎は血まみれの大刀を向けて問う。

「い、いや……やっていない。やっていないぞっ」

髭面の男が激しくかぶりを振る。赤銅色の男が走り出した。戸から出ようとするところを、喜三郎は容赦《ようしゃ》なく斬ろうとする。が、ぎりぎり赤銅色の男は大刀を避けた。

本堂に向かって走る。そこには、磯次と誠一郎、そして珍念がいた。百両が入った袋は、まだ誠一郎が背負っていた。

「やってないぞっ」

と叫びつつ、髭面が磯次たちのほうに向かう。

「ゆるさぬっ」

喜三郎は一気に詰め寄り、磯次たちの目の前で、髭面を背後より斬った。ぎゃあっ、と叫び、磯次に抱きつくようにして、倒れていく。

「もうひとりいるっ。珍念、参れっ」

鬼の形相《ぎょうそう》で、喜三郎は生臭坊主をにらみつける。そして大刀を手に、裸のまま逃げようとしている赤銅色の男に向かって走る。

脇の穴から逃げようとしていた赤銅色に喜三郎は追いついた。

赤銅色は振り向くと、刀を構える。喜三郎の迫力に圧倒されて、魔羅は縮みきっている。

「俺はまだ入れていないんだっ。あのふたりが入れていただけだっ」

「うそを申すな」

「真《まこと》だっ。入れてはいないっ」

赤銅色の目が右手に向いた。振り向くと、美緒がこちらに歩いてきていた。全裸のままだ。そのうしろに、瑞穂を抱いた勝吉が見える。

瑞穂に気づいた誠一郎が、瑞穂っ、と駆け出す。お父っつぁんっ、と瑞穂も駆け出した。

美緒が喜三郎のそばにやってきた。甘い汗の匂いが鼻孔をくすぐってくる。

「こやつは、美緒の女陰に入れていないのかっ」

と、喜三郎が問うた。正眼に構えている。

「入れました。私の女陰に腐れ魔羅を入れました」

「そうかっ。覚悟をしろっ」

喜三郎は赤銅色の輩にではなく、そばに立つ珍念に向かって、そう叫んでいた。

喜三郎は赤銅色に斬りかかった。赤銅色は顔面ぎりぎりで刃を受けた。喜三郎はすぐさま刃を引き、小手を狙《ねら》う。赤銅色は予想していたのか、下がりつつ、小手も受けた。

喜三郎の刃を弾《はじ》きあげざま、腹を狙ってくる。

喜三郎はさっと背後に飛んだ。すると、赤銅色が一気に踏みこんできた。

喜三郎は顔面ぎりぎりで刃を受ける。きりきりと鍔迫《つばぜ》り合いとなる。

「あのおなごは、おまえの許婚と言っておったな」

「そうだ」

「わしの魔羅をうれしそうに咥《くわ》えこんでいたぞ。何度も気をやりおった。あのような牝《めす》を嫁にする気か」

「するっ。わしの嫁にするっ」

ゆるさんっ、とぐぐっと赤銅色の刃を押しやり、額まで突きつけていく。

「見ているかっ、珍念っ」

「は、はい……」

珍念はぶるぶる震えている。

「ほう、あやつの魔羅も咥えているのか」

赤銅色がにやにやと笑いかける。

「おのれっ」

喜三郎はそのまま刃を押しこんでいく。額に刃が触れた。うおっと叫び、赤銅色が押し返す。

喜三郎はさっと刃を引いた。勢いのまま、赤銅色がよろける。その隙《すき》を狙い、袈裟懸けで斬りこんだ。

「ぎゃあっ」

と叫び、赤銅色がばたんと倒れた。

「喜三郎様……」

珍念だけではなく、美緒も喜三郎の迫力に圧倒されている。

「美緒、井戸端に行くぞ。珍念も来るのだ」

血ぶるいをして、大刀を納めると、喜三郎は井戸端へと向かう。

「待ちやがれっ」

と、本堂のそばから勝吉の声がする。誠一郎が瑞穂と抱き合っている隙に、磯次が逃げだそうとしていた。

磯次がこちらに逃げてくる。珍念っ、と喜三郎が叫ぶと、はいっ、と珍念が駆け出した。

磯次の前に立ちはだかる。背後から勝吉が迫ってくる。

「坊主っ、どけっ」

磯次が珍念に殴りかかる。

「珍念っ、逃がすでないぞっ」

と、喜三郎がどなり、はいっ、と珍念が磯次に抱きついていった。磯次が珍念の顔面を殴るも、そのまま抱きつづける。

「離れろっ」

磯次がもがいている間に、勝吉が追いつき、羽交《はが》い締《じ》めにすると、首を絞めて、落としていった。

「喜三郎様……私、珍念様と……」

「言うな。わしが悪いのだ。ここで、わしの魔羅を咥えてくれるか、美緒」

「よろしいのですか……私の躰はもう汚《けが》れきっています」

「そのようなことはないっ」

喜三郎はその場に美緒を押し倒そうとしたが、誠一郎と瑞穂が礼を言いに、こちらに向かっていることに気づき、やめた。

喜三郎は鞘《さや》ごと大刀を抜くと、着物の帯を解き、脱いだ。それを、美緒の裸体にかけてやる。

「珍念っ、美緒の女陰を井戸水で清めてくれぬか」

はいっ、と珍念が井戸端へと走る。美緒も井戸端へと向かう。

「香坂様っ、ありがとうございましたっ」

と、誠一郎が瑞穂の手を引き、近寄ってくる。

「瑞穂ちゃん、大事ないか」

「はい」

と、瑞穂がうなずく。

「なにもなくてよかった」

「美緒さんには……申しわけないことを……自分を犠牲にして、瑞穂を守ってくださって、なんとお礼を申したらいいのか」

「あの手習い所を盛りあげてください」

「わかりました。私にお任せください」

と、大店の主が言った。

「磯次をどうするかは、大垣屋さんに任せます。私はこれで」

と、喜三郎は井戸端へと向かう。

三

井戸端では、美緒の足下に珍念がしゃがみ、美緒自身が開いた女陰を井戸水で洗っていた。どろりと精汁が流れている。

「喜三郎様……」

と、美緒が名を呼ぶと、珍念がひいっと身を竦《すく》ませる。

「もっと、水をかけるのだ、珍念」

「はいっ」

珍念は桶《おけ》の水を、ざぶざぶと美緒の女陰にかけていく。

「よし、よかろう。しあげはわしがやる。そこで見ているのだ」

と、喜三郎は言う。私はこれで、と去ろうとした珍念が、ひいっ、と身を竦ませる。

喜三郎は下帯一丁で、美緒の足下にしゃがむ。喜三郎の着物を羽織ったままの美緒は、自らの指で割れ目を開いている。

浪人者たちが出した精汁のほとんどは流されていたが、まだ肉の襞《ひだ》の奥に残っている。

喜三郎は顔を寄せていく。

「喜三郎様……汚れています」

喜三郎は無言のまま、舌を媚肉に入れていく。奥まで忍ばせ、肉襞の隙間を舐《な》めていく。

「あっ、ああっ、そんな奥まで……舌が……ああっ……」

喜三郎は自らも割れ目に手を添え、ぐっと開く。そして、ふだんはなかなか舐めない肉襞の奥の奥まで舐めていく。

「あ、ああ……」

美緒が火の息を洩《も》らす。脇で見ている珍念が生唾《なまつば》を飲みこむ。

肉襞の奥まできれいにすると、喜三郎は顔を引いた。立ちあがると、喜三郎様っ、と美緒が抱きついてくる。

たわわな乳房を強く、ぶ厚い胸板に押しつけてくる。

「すまなかった、美緒」

と、喜三郎は謝る。

「なにゆえ、喜三郎様がお謝りになるのですか」

「すべて、わしが悪いのだ。わしが初音姫に惑っていたから、天罰が下ったのだ。そなたが浪人たちに突かれているのを見て、わしはなんてことをしていたのだと、あらためて気がついたのだ。あれは、自分自身を斬っていたのだ」

「喜三郎様……美緒、珍……」

言うでない、と喜三郎は美緒の唇をおのが口で塞ぐ。

思いをこめて舌をからませ合う。美緒の躰から着物が滑り落ちていく。

「今、ここで、わしの魔羅を入れるぞ、美緒」

「はい、喜三郎様」

美緒がその場に膝《ひざ》をつき、下帯を取っていった。すると弾けるように、見事な魔羅があらわれた。

「ほう、これは……」

と、珍念も感嘆の声をあげるたくましさだ。

「ああ、喜三郎様……」

美緒が反り返った胴体に、頬ずりをする。そして、珍念を見あげる。ひいっ、と珍念が声をあげる。逃げようとするが、

「見ておれ」

と、喜三郎が声で止める。

美緒は先端にちゅっちゅっとくちづけると、裏の筋に舌腹を押しつけてくる。

「ああ……」

裏筋だけでも、喜三郎はうなる。

美緒がそのまま舌をあげて、鎌首《かまくび》をねっとりと舐めはじめる。

また、珍念を見つめる。見つめつつ、挑発するように、鎌首を舐めていく。

「あ、ああ……」

ずっと青ざめていた珍念の顔が赤みを帯びてくる。

美緒は唇を開くと、ぱくっと鎌首を咥えた。珍念は自分が咥えられたみたいに、ぴくっと腰を動かす。

美緒はそのまま、反り返った胴体も咥えていく。ずっと、珍念を見つめている。根元まで呑みこむと、頬を窪《くぼ》め、吸いあげていく。

「うんっ、うっんっ」

と、悩ましい吐息を洩らしつつ、美緒が喜三郎の魔羅を貪《むさぼ》ってくる。

そして、唇を引いた。ねっとりと唾が糸を引く。それを美緒がじゅるっと吸った。

立ちあがると、美緒がまた抱きついてきた。天を衝《つ》く魔羅が挟まれる。

「このまま、ください」

「よかろう」

喜三郎は本堂のほうを見る。みなの姿はない。

魔羅をつかむと、正面にある入口に先端を当てる。夜這いをかけたときには、萎えてしまった魔羅が、見事に勃起したままだ。

これは、珍念に、浪人者たちに感謝するべきなのか……。

「はやく、ください、喜三郎様」

「参るぞ」

喜三郎は腰を突き出した。ずぶりと野太い鎌首がめりこんでいく。

「あうっ、うんっ」

しなやかな腕でしがみつき、美緒のほうからも腰をせり出してくる。

ずぶずぶ、ずぶっと強靱《きょうじん》な魔羅が美緒の中に入っていく。

半年ぶりの美緒の女陰であった。

「ああ、熱いぞ、美緒。燃えるようだ」

「もっと、奥まで……喜三郎様を感じさせてください」

こうかっ、と美緒を強く抱きよせ、ぴたっと裸体を押しつけ合いつつ、腰を突き出す。ずどんっ、と子宮《こつぼ》をたたく。

「あうっ……」

美緒が軽くいったような表情を浮かべる。そして、閉じていた瞳を開き、珍念を見やる。

その眼差《まなざ》しは妖《あや》しく絖光《ぬめひか》り、ずっと恐怖で震えていた珍念の魔羅も、褌《ふんどし》の中で一気に勃起していた。

「ほらっ、どうだっ」

密着させたまま、腰だけを前後に動かす。ずどんずどんと真正面から突いていく。

「いい、いいいっ……あうっんっ、いいっ」

美緒も強く乳房を胸板に押しつけてくる。乳首を自らつぶさんばかりだ。

「あ、ああっ、も、もう……気をやりますっ、喜三郎様っ」

「思う存分、いくがよいぞっ」

喜三郎は腰を引き、魔羅をいったん割れ目から出すなり、間髪《かんはつ》をいれず、突き刺した。奥までぐぐっとえぐっていく。

「いいっ、い、いくっ」

美緒は強くしがみついたまま、いまわの声をあげていた。

「美緒、井戸に手をつけ」

と言うと、美緒の中から魔羅を引き抜いた。夜這いのときとは違い、ずっと鋼《はがね》のままでいる。

「はい、喜三郎様」

美緒は珍念に目を向ける。珍念は腰をもぞもぞさせている。

「珍念、出しなさい。出して、私が喜三郎様にいかされているところを見ながら、しごきなさい」

と、美緒が言う。珍念は美緒の言いつけに逆らわず、

「香坂様、よろしいですか」

と聞いてくる。

「構わぬ。しごけ、珍念」

ありがとうございます、と礼を言い、珍念は袈裟の前をはだけ、褌を脱いでいく。その間に、美緒は井戸に手をついた。ぐっと、尻を突き出してくる。

その尻を、喜三郎はつかむと、すぐさま魔羅を入れていった。

「いいっ」

一撃で、美緒が叫ぶ。

「しごくのよっ、喜三郎様に突かれる私を見て、しごくのよっ、珍念っ」

「はいっ、美緒さんっ」

珍念は目をぎらぎらさせて、美緒を見ている。

「ほらっ、どうだっ、美緒っ」

喜三郎はぱんぱんっと美緒の尻たぼを張りつつ、激しく突いていく。

「いい、いいいっ、喜三郎様の魔羅、いいですっ。喜三郎様の魔羅、いいですっ」

「おう、締まるぞ、美緒っ」

「ああ、また、また、美緒いきそうですっ……いいですかっ、美緒、また、いっていいですかっ」

「よいぞ、美緒っ。思う存分、いくがよいっ」

「あ、あああっ、いく……いくいくっ」

井戸端にしがみつき、美緒が繋《つな》がっている尻を激しく振る。

そして、そのまま崩れていった。おんなの穴から魔羅が出る。

膝立ちの姿で、美緒が振り向く。

「ああ、ずっと、たくましいです、喜三郎様。ああ、美緒だけを思ってくださっているのですね」

「当たり前だ、美緒っ。この魔羅はおまえだけのものだっ。おまえの穴にしかもう入れぬっ」

「うれしいですっ」

と、自分の蜜まみれの魔羅に、美緒はしゃぶりつく。

一気に根元まで咥え、強く吸う。そして吐き出すと、立ちあがり、

「そこであぐらをかいてください」

と、地面を指さす。喜三郎は言われるまま、井戸端であぐらをかく。魔羅はずっと反り返ったままだ。ずっと鋼のままだ。

「見ていて、珍念」

と言うと、美緒は喜三郎の腰を白い太腿《ふともも》で跨《また》ぐ。魔羅をつかむと、腰を落としてくる。先端が割れ目に触れた。そのまま、下げてくる。

ずぶりと垂直に入っていく。

「あああっ」

美緒はそのまま重みをかけて、魔羅を呑みこんでいく。

抱き地蔵（対面座位）でしっかり繋がると、美緒はすぐさま腰をうねらせはじめる。

「おうっ、たまらぬっ。なんて締めつけだっ」

女陰全体で、喜三郎の魔羅を貪り食らっている。

「ああ、突いてください、喜三郎様」

「こうかっ」

と、下から突きあげていく。

「もっとっ、もっとっ」

美緒が珍念を見やる。珍念は取り憑《つ》かれたような目で美緒を見つめ、魔羅をしごいている。

「どう、珍念」

「ああ、美緒、ああ、美緒様」

美緒を様づけで呼ぶ。しごく手は止めない。いや、止まらないのだ。

「ああ、出そうだ、美緒っ」

「くださいませっ、美緒の子宮を白く染めてくださいっ、喜三郎様っ」

美緒が腰を上下に動かしはじめた。美緒の穴から、蜜まみれの魔羅が激しく出入りする。

「あ、ああっ、出そうだっ」

「くださいっ」

「ああ、拙僧も出そうですっ、美緒様」

「私にかけたら、お仕置きですよ、珍念」

「あ、ああっ、かけませんっ」

かけません、と言いつつ、お仕置きが欲しいのか、珍念は抱き地蔵で繋がる美緒に近寄っていく。

「ああ、喜三郎様っ、ああ、美緒もまた、気をやりそうですっ……ああ、どうか、ごいっしょにっ」

「出るぞっ」

喜三郎はとどめの一撃を下から見舞った。

「ひいっ……」

美緒の女陰が万力のように締まった。

「おうっ」

と吠《ほ》え、喜三郎は美緒の子宮に、半年ぶりに精汁を浴びせた。

「いくっ……」

と、短く叫び、あとは口をぱくぱくさせるだけとなる。喜三郎の腰の上で汗ばんだ裸体を痙攣《けいれん》させる。

凄《すさ》まじい気のやりように、脈動が鎮《しず》まらない。

いくいく、と唇を動かしつつ、美緒は背中を反らせていく。

ようやく脈動が鎮まり、美緒が瞳を開いた。

「この穴は喜三郎様だけのものです」

「わしの入れる穴は、美緒だけだ。もう二度と、ほかの穴には入れぬ。珍念っ」

と、そばに立つ生臭坊主を見やる。

「おまえが証人だ」

珍念もいっしょに射精させていた。

「わかったな」

「は、はい……」

惚《ほう》けたような顔でうなずく。

「私にはかけなかったようね、珍念」

「いや、そうでもないようだぞ」

美緒の二の腕にわずかに、精汁がかかっていた。

「これは、なに、珍念っ」

と、美緒がにらみつける。

「すみませんっ、ああ、すみませんっ、美緒様っ」

頭を下げつつも、出したばかりの魔羅が力を帯びはじめる。

「すぐに、きれいにしますっ」

珍念が桶を井戸に投げて、懸命に引きあげる。そして、汲《く》みあげた桶から水を掬《すく》い、繋がったままの美緒の二の腕にかけていく。

わずかばかりの精汁は流れ落ちていく。

「お仕置きね。裸になって、井戸に手をつきなさい」

と、美緒が言う。はいっ、と珍念は言われるまま袈裟を脱ぐ。裸になると、井戸に手をつき、尻を美緒に向けていく。

美緒が喜三郎の股間から腰をあげていく。喜三郎の魔羅は半勃ちであった。

「あう、うんっ」

逆向きにこすれるのが感じるのか、甘い喘《あえ》ぎを洩らしつつ、美緒は立ちあがった。そして、珍念に近寄る。

「もっと尻をあげなさい」

「はいっ」

珍念がぐぐっと尻をあげる。

「あなたは、坊主よね」

「はいっ……」

「檀《だん》家《か》の後家たちを食いものにしていたわよね」

「はい……」

「女犯《によぼん》は罪です。懺悔《ざんげ》しなさいっ」

「仏に仕える身でありながら……おなごの躰に溺《おぼ》れていました……僧侶《そうりよ》として失格です。どうか、お仕置きをくださいませ、美緒様」

美緒が手を振りあげ、ぱしっと珍念の尻を張った。

「あうっ……」

「おなごの躰を惑わすなんてっ」

ゆるしませんっ、と美緒は、ぱしぱしっと珍念の尻たぼをたたきつづける。

珍念は、あああ、と声をあげ、魔羅を勃起させはじめていた。

これではお仕置きにならぬな、と喜三郎は思った。

四

朝、目覚めると、美緒の寝顔があった。

喜三郎も美緒も裸であった。しかも、下は繋がったまま眠っていた。今も、朝勃ちの魔羅が深々と美緒の女陰を貫いている。

円善寺からお菊長屋に戻ってからも、ずっとまぐわっていた。美緒はお菊長屋に響きわたるのも構わず、いいっ、とよがり泣きつづけた。

喜三郎が動くと、美緒が目を覚ました。

「ああ、喜三郎様、ああ、魔羅、ずっと入れていてくださっていたのですね」

「そうだ」

「このまま、ずっと入れていてください」

「そうもいかぬ。手習い所に行かねばならぬぞ、美緒」

「そうですね。子供たちが待っています……」

そう言うものの、美緒は起きあがろうとしない。それどころか、両手、両足を喜三郎の躰に巻きつけてくる。そして、腰を動かしはじめた。

「ああ、ああ……あんっ……大きいです。ずっと大きいです」

「そうであるな」

「このまま、突いてください」

「朝だぞ。長屋の連中はみな、起きておる」

「構いません。もう、いやになるほど、私のよがり声を聞いているはずです」

「そうであるな」

「喜三郎様が突いてくださらないのなら、美緒が動きます」

そう言うと、繋がったまま、美緒が喜三郎の上になった。茶臼《ちやうす》（女性上位）だ。

美緒が朝から腰をうねらせはじめる。朝から女陰がくいくい締まる。

「ううっ、たまらんっ」

喜三郎はうめく、昨日から今朝にかけて、もう何発出したか覚えていない。が、
それでも見事に勃起している。美緒の締めつけに、腰をくねらせている。

出しても出しても、いってもいっても、終わりがない。

「あっ、ああっ、いい、魔羅、いいのっ」

美緒が腰のうねりを激しくする。寝起きで、いきなり貪欲《どんよく》に腰を振るとは。

「ああ、休もう……朝っぱらからは、ならぬぞ」

「どうしてですか。ああ、初音様のために取っておくのですね」

「もう姫とは会わない。絶対、会わぬぞ」

「信じられませんっ」

と言いつつ、強烈に締めてきた。

おうっ、と吠えて、起き抜けの一発を美緒の中に放った。

一発出させて安堵《あんど》したのか、美緒が立ちあがった。土間に降り、瓶《かめ》から柄杓《ひしやく》で
水を掬うと、割れ目をひろげ、女陰を洗う。

そして裸体の上から小袖を着ると、腰高障子を開いた。

すると、お菊長屋の連中が集まっていた。

「おめでとうっ」

と、みなが拍手をはじめる。

「あっ……みなさん……」

どうした、と喜三郎は下帯を締めて、土間を降りる。

「よかったですね、香坂様」

と、奈美が笑顔を向けてくる。

「半年ぶりですものね、美緒さん」

やはり、お菊長屋の連中みなが、喜三郎と美緒が半年ぶりにまぐわい、仲を取りもどしたことを知っていた。

壁が紙のように薄い裏長屋だと、どこの夫婦《めおと》が喧嘩《けんか》をしている、仲よくなった、というのが手に取るようにわかるのだ。

「あらためて、祝言《しゅうげん》をあげましょうね」

と、奈美が言い、そうだね、と長屋の連中がうなずいた。そこにひとりの男が顔を見せた。

「あの、美緒さんのお宅はこちらでしょうか」

「私が美緒ですが」

と、美緒が名乗ると、長屋の連中がさっと左右に割れた。

「大垣屋の手代の増造《ますぞう》と申します。あの、新しい手習い所の用意ができたので、ご案内するようにと言われて参りました」

「新しい手習い所……」

昨日、礼がわりに、手習い所を、と喜三郎が大垣屋の主に頼んでいたが、もう用意したらしい。さすが、大店の主はやることがはやい。

「それはうれしいです。見に行きましょう。喜三郎様もごいっしょに」

と、美緒が笑顔を向ける。そうであるな、と喜三郎は着物の袖に腕を通していった。


同じ頃、初音は幸田藩主の彦次郎がお忍びで泊まっている奥山の屋敷を訪ねていた。

裸のおなごに通された奥の座敷で待っていると、彦次郎が姿を見せた。これまた、ふたりのおなごを連れている。どちらも裸であった。

「この屋敷では、おなごが着るものはないのですか」

とあきれて、初音が聞いた。

「いつも言っているように、おなごに着るものなどいらぬのだ。常に乳と尻と割れ目を出しているのがおなごらしい。そう思わぬか、初音」

「思いません」

「そんな怖い顔をするな。きれいな顔が台なしだぞ。まあ、そんな怒った顔も、またよいがな」

と言って、彦次郎が笑う。

最悪の状態に戻っていた。彦次郎には藩主の威厳もなにもなかった。

上座につくと、左右に裸のおなごを侍《はべ》らせ、すぐさま乳房をつかんでいく。

「ふたりだけにしてもらえませんか。大事なお話があります」

「こうして、常に乳を触っていないと、変になりそうなのだ。それにわしは、おなごを侍らせているほうが、頭の働きはよくなるのじゃ、初音」

「政《まつりごと》に力を入れてないようですね」

「そのようなことはないぞ。国に吉原を作ろうと思ってな。こたびは、吉原をあらためて学ぶたびに、江戸に来たのだ。夜ごと、吉原に通っているぞ」

「国に吉原を作ることが、幕閣《ばっかく》にわかったら、改易《かいえき》になるかもしれません。家臣を路頭に迷わせるおつもりですか」

「廓《くるわ》を作ったくらいで、改易にはならぬだろう」

そう言い、強く左右の乳房を揉んでいく。ああっ、あんっ、とふたりのおなごが甘い喘ぎを洩らす。

初音だけがいたときは清廉《せいれん》な空気に包まれていた座敷が、桃色に染まっていく。

「政を国家老にすべて任せるのはおやめください」

「忠友はよくやっていると思うがな」

「縁者を側近に登用して、異を唱える者は次々と役職を解いています。このままでは、幸田藩は林田忠友の持ちものとなってしまいます」

「そうかのう。考えすぎだ、初音。黒崎藩の若殿がおまえのことをたいそう気に入っているようではないか。浪人に処女花を散らされた躰でも、よいそうではないか。しかも相手は五万石だ。こんなによい嫁入りの話があるか。すぐに、黒崎藩に嫁《とつ》ぐのだ、初音っ」

そう言うと、彦次郎は侍らせたふたりのおなごの女陰に指を入れて、かきまわす。

「あ、ああっ、お殿様っ」

ふたりの声が甘く重なる。

「よい声で泣くのう。おなごの口はよい泣き声を聞かせるためにあるのだ。おまえのように文句ばかり言うために口があるわけではない」

「黒崎藩の若殿である高時様を婿《むこ》として迎え入れるつもりです。そして、高時様に藩主になっていただき、私はお支えしたいと思っています」

「藩主はわしだ。わしはこのとおり息災であるぞ。あと、二十年はわしの世だ」

「叔父上に幸田藩の未来を託《たく》すわけにはいきませんっ」

初音は彦次郎をにらみつける。

「おまえが兄の娘でなかったら、そのまま牢《ろう》送りであったぞ、初音」

「牢に送りたければ送ればよいっ」

初音はにらみつづける。

「ただ、若殿が二万五千石の藩に婿入りなどしないであろう」

と、彦次郎が笑う。その左右の指は、変わらずおなごたちの女陰に入っている。

「すでに、尺八《しゃくはち》をご披露《ひろう》しました」

「そのようだな」

彦次郎は表情を変えなかった。

「ご存じでしたか」

「わしはおまえのことはなんでも知っているぞ」

「高時様は、大変お喜びでした」

「そうか」

「裸もお見せしました」

「そのようであるな」

「たいそう、興味をお持ちのようです。幸田藩に婿入りすれば、夜ごと、私の尺八を受け、夜ごと、この躰を好きにできると申しておきました」

「香坂が邪魔だそうだ」

「香坂様……」

「おまえの心にいる香坂喜三郎がな」

彦次郎が左右の女陰から指を抜いた。それぞれおなごの口に突きつけると、おなごが自分の蜜まみれの指を吸いはじめる。

「香坂のことを完全に忘れることができるのなら、婿入りもあるかもしれぬな」

「香坂様は私の処女花を散らした御方。忘れることはできません」

「それでは、婿には来ぬな」

「それは困ります。高時様こそ、幸田藩の藩主にふさわしい御方です。必ず、婿入りなさると確信しています」

「恐ろしい自信だな、初音」

「叔父上も覚悟なさっていてください」

そう言うと、初音は立ちあがった。

襖《ふすま》を開き、廊下に出ると、襖を閉じる。するとすぐに、

「ああっ、お殿様っ」

と、おなごのよがり声が聞こえてきた。

第六章　高貴な裸体

一

夕刻——喜三郎はつきそいの仕事を終え、雇い主を送り届けた日本橋《にほんばし》より、両国広小路《ひろこうじ》へと向かっていた。

すると、ひとりの武士が近寄ってきた。あれは確か、大川の花火のおり、屋形船をぶつけてきた若殿の近習《きんじゅう》ではないか。

「香坂様」

と、往来で声をかけてきた。

「黒崎藩の若殿の近習である木島と申します。これから、おつき合いくださいませんか」

「どういうことだ」

「大川で、若殿と初音姫がお待ちです」

「わしには関係ない」

御免、と喜三郎は往来を歩きはじめる。

「お待ちくださいっ。初音姫がお待ちですぞ」

「もう、姫とは会わぬ。そう伝えてくれ」

「しかし……」

「わしの魔羅《まら》は美緒の女陰《ほと》にしか入れぬと決めたのだ」

「美緒というのは……」

「わしの妻だ」

「妻……」

「まだ三三九度はあげておらぬが、近いうちにあげるのだ。すでにともに住んでおる」

「初音姫はどうなさるおつもりですか」

「どうするもこうするもないであろう。わしは一介の浪人者にすぎぬのだ。わしのことは忘れるように、姫には言ってくれ」

では、と喜三郎は木島を振りきった。

「お待ちくださいっ」

と、木島が迫ってくる。が、喜三郎は振り向くことはなかった。

初音と高時は屋形船の舳先《へさき》に立っていた。川からの風が心地よい。

こうしてふたりで並んでいると、すでに夫婦《めおと》になっているような気がした。

一艘《そう》の猪牙船《ちよきぶね》が見えた。舳先に木島だけが立っていた。喜三郎は乗っていない。

「どうやら、振られたようですね」

と、初音は言う。

「そのようであるな」

「入りましょう」

と、初音は座敷に戻る。高時が上座につくと、

「叔父上が国に吉原を作る話が、かなり進んでいます。このことが幕閣に知れたら、改易の可能性さえあります」

「たいそうなおなご好きであるよな」

「高時様」

と、名を呼ぶと、初音は立ちあがった。そして、ひとつずつ障子を閉めていく。

高時が生唾《なまつば》を飲みこんだ。四方が閉じられると、一気に淫猥《いんわい》な空気となる。

初音は行灯《あんどん》に火をつけると、高時の前で小袖《こそで》の帯に手をかける。

「初音どの……」

「今宵《こよい》、高時様に決めていただきます」

「待て……今宵は、香坂喜三郎とともに、初音どのとまぐわい、どちらの魔羅がよいのか、選んでいただこうと思っていたのだ。初音どのは、香坂の魔羅を忘れられずにいる。それを、わしの魔羅で忘れさせようと思っていたのだ」

「忘れさせてください」

そう言って、初音が帯を解《ほど》く。

「待て……わしは幸田藩には婿入《むこい》りできぬ」

「私を抱けば、私から離れられなくなります」

初音は帯を解いた。そして、小袖を躰《からだ》の線に沿って滑り落としていく。肌襦袢《はだジュバン》だけになった躰が、行灯の炎を受けて艶《なま》めかしく浮きあがる。

初音が肌襦袢の腰紐《こしひも》に手をかけたとき、

「若殿っ」

と、障子の向こうから、木島の声がかかった。

「入れ」

と、高時が言った。失礼します、と障子が開かれ、木島が入ろうとする。肌襦袢だけの初音を見て、はっとなる。

「ご無礼を……」

と、下がろうとする。

「なにをしているっ。入れと言ったのだ」

「はいっ」

と、木島はそのまま座敷に入り、すぐさま障子を閉めた。

「香坂喜三郎は参りません。美緒というおなごと夫婦になるそうです。わしのことは忘れてほしい、と初音様にお伝えするように言われました」

「それだけですか」

「はい……」

「ほかにもなにか言ってませんでしたか」

初音が木島をじっと見つめる。

「あ、あの……わしの魔羅は……美緒の女陰にしか、入れぬのだ、とおっしゃっていました」

「そうですか……」

初音は腰紐を解いた。肌襦袢の前をはだけていく。

「あっ……」

乳房があらわれ、木島があわてて視線をそらす。

「高時様、香坂様がそうおっしゃっています。私の躰は高時様だけのものです」

初音は肌襦袢も滑らせていく。たっぷりと張った乳房が、行灯の炎を受けて、艶めかしく揺れる。

高時は腰巻だけとなった初音の躰を、惚《ほう》けたような目で見ている。

さらに初音は腰巻に手をかけた。

ならぬ、と高時の口が動いたように見えたが、声にはなっていない。

初音は腰巻も取った。生まれたままの姿となる。

「わしは幸田藩には婿入りしないっ」

「わかっています、高時様」

初音は高時に迫る。剝《む》き出しの割れ目がちょうど目の高さにあった。高時の目は初音の花唇に釘づけだ。

初音は高時の髷《まげ》をつかむと、おのが恥部に顔面を押しつけていった。

「な、なにをっ」

木島が驚愕《きょうがく》の声をあげる。

「若殿になにをなさるっ」

木島が立ちあがった。が、立ちあがったものの、どうしてよいのか困惑の表情を浮かべている。

高時は初音の恥部に顔面を押しつけたままでいた。髷をつかまれているとはいっても、払えばよいだけだ。が、高時は初音の割れ目に顔を押しつけたまま、動かないでいた。

初音はぐりぐりと剝き出しの恥部を五万石の若殿の顔面にこすりつづける。

「若殿……顔を……お引きになるのです」

木島がそう言うが、すでに高時の意志で、初音の股間に顔を押しつけているように見えた。

初音が髷から手を放した。

「初音の女陰、ご覧になりたいですか、高時様」

「見たい、見たいぞ、初音どの」

高時の目は、初音の花唇から離れない。

「なりませんっ。見てはなりませんっ」

木島が叫ぶなか、初音は割れ目に指を添えると、高時の鼻先で開いていった。

二

高時の前で、桜の花が咲いた。

「こ、これは……女陰なのか……」

香坂喜三郎の魔羅が二度だけ貫通し、二度だけ精汁を受けた花びらだ。桃色の花びらであったが、精汁を浴びているため、無垢《むく》ではない。清廉《せいれん》さは残しつつも、どこか淫《みだ》らだ。

姫の花びらが、高時を誘うように蠢《うごめ》いている。

「あ、ああ……こんな女陰、見たことがない……」

「若殿っ、ご覧になってはなりませんっ。すぐに目を閉じるのですっ」

と、木島が叫ぶも、高時は初音姫の花びらに魅了されていた。いや、もうすでに魂《たましい》を抜かれていた。

「ここに魔羅を入れたくないですか、高時様」

「よいのか。そこに、わしの魔羅を入れてもよいのか」

「もちろんです。ただ、条件があります」

「婿入りか……」

「そうです」

「それは……それは……」

初音が、再び高時の顔面に恥部を寄せていく。こたびは、割れ目を開いたまま、花びらをじかに高時の顔面に押しつけていった。

「う、うう……」

「若殿っ」

「うう、ううっ……ううっ」

高時は涎《よだれ》を垂らしていた。間抜けな顔で、初音の花びらをじかに顔で受けている。

初音が恥部を引いた。

「いかがなさいますか、高時様」

「入れたい。入れたいぞっ、木島っ」

と叫び、高時は自らの手で着物の帯を解きはじめる。

「なりませんっ、若殿っ。落ち着いてくださいっ」

「これが落ち着けるかっ。あの穴にわしの魔羅を入れることができるのだぞっ」

着物を脱いだ。鍛えられた躰をしていた。武士としての鍛錬を怠《おこた》っていないのがわかる。おなごに溺《おぼ》れてたぷたぷの腹をしている彦次郎とはまったく違っていた。

高時は下帯《したおび》も取った。ぐぐっと魔羅が天を衝《つ》いていく。

「どうじゃ、初音どのっ」

「たくましいです」

「そうであろう。姫の女陰を塞《ふさ》いでやろうぞっ」

高時はその場に、初音の裸体を押し倒した。両足を開き、間に腰を入れる。

「若殿っ、我が藩をお捨てになるのですかっ」

と、木島が叫ぶ。

「藩を捨てる……そのようなことはしないっ」

そう答えると、初音は両手で割れ目を覆《おお》った。高時の視界から、姫の入口が消える。

「隠すなっ」

「婿入りすると約束してください」

「それは……できぬ」

「では、ここまでです」

「殺生《せっしょう》な……女陰まで見せておいて……それはないぞ、初音どのっ」

高時は駄々《だだ》っ子《こ》のように躰をくねらせる。

初音は起きあがると、高時の口に唇を重ねていった。ぬらりと舌を入れると、魔羅をつかみ、しごきはじめる。

「う、ううっ、うんっ」

初音と高時の舌と舌、熱い息と息が、からみ合い、混じり合う。

「やはり、入れたいっ。入れたいぞっ」

そう叫ぶと、高時は再び、初音を押し倒した。そして両足を開くと、鎌首《かまくび》を割れ目に向けてくる。

「婿入りなさる覚悟がおありですね」

「あるぞっ」

と叫ぶなり、高時は腰を突き出してくる。

なりませんっ、と叫び、御免っ、と木島が高時の腰にぶつかっていった。

割れ目に鎌首がめりこもうとしていたが、はずれてしまう。

「邪魔するなっ、木島っ。わしは初音の女陰に入れるのだっ」

高時は近習を腕で払い、再び鎌首を割れ目に向ける。

「若殿っ」

木島が叫ぶなか、高時の鎌首が初音の花唇を割り、めりこんでくる。

「ああっ、高時様っ……」

「おう、おうっ」

はやくも吠《ほ》えつつ、高時は鎌首を進めてくる。

喜三郎以外の魔羅が、初音の中に入ってきた。窮屈な穴を無理やり押し開くようにして、たくましい魔羅が入ってくる。

「あ、ああっ……」

「おう、なんて締めつけだっ。ああ、たまらぬっ」

初音の女陰は濡れていた。高時に花びらを見せたときから、じわっと蜜があふれはじめていた。そして、割れ目に鎌首を感じたとき、大量の蜜が出ていた。喜三郎以外の魔羅を受け入れても、よいように……。

高時は奥まで入れてきた。

が、動かない。突いてこない。どうなされたのですか、と初音は高時を見つめる。高時は真っ赤になってうなっている。

初音は女陰に力を入れた。すると、

「おうっ、出そうだっ」

とうなる。

「高時様、突いてください」

初音は思わず、そう言った。

「ああ、凄《すさ》まじい締めつけなのだ……ああ、こんな女陰、はじめてだ」

「若殿」

近習が案じるように見つめている。そんななか、ようやく高時が動きはじめた。

魔羅を半分ほど抜き、そしてぐっとえぐってくる。

「はあっ、ああ……」

初音は火の息を吐き、高時を見つめる。

すると、高時の魔羅が中でひくつく。初音の眼差《まなざ》しに感じているようだ。

「もっと激しく、高時様」

またも、思わず、そう言ってしまう。

「喜三郎は、激しく突くのかっ」

「さあ……」

「どうなのだっ」

「激しく、突きます……」

喜三郎のことを聞かれ、激しい責めを思い出す。

「これはどうだっ」

と、高時が力強く突きはじめた。

「あっ、ああ……もっと、もっとっ」

初音は思わず、高時の腰に両足をまわしていく。そして、両足で高時の腰を動かしていく。

「ああっ、なにをっ、ああっ」

「若殿になにをなさるっ」

初音主導で、魔羅を動かす。激しくっ、と両足で腰を押す。

「ああっ、ならんっ。止めるのだっ」

「いやですっ」

と、高時の腰を挟んだ両足を動かしつづける。すると、

「ならんっ。ああっ、出るっ」

高時が叫ぶと、初音の中で魔羅が脈動した。

「おう、おうっ」

雄叫《おたけ》びをあげつつ、高時が射精させる。

「あっ……」

子宮《こつぼ》に精汁を受けて、初音は声をあげる。喜三郎以外の精汁だ。喜三郎のときは精汁を受けるだけで気をやっていたが、高時の精汁を受けても気をやることはなかった。

皮肉にも、高時とまぐわうことで、喜三郎のすごさを再認識してしまう。

ああ、喜三郎様……。

どうして、美緒さんの穴だけなのですか……初音の穴にも喜三郎様の魔羅を入れてください。

美緒さんと夫婦になってもよいのです。それでも初音の女陰に、喜三郎様の魔羅を……。

初音の中で、高時の脈動が止まった。

高時がそのまま、突っ伏してくる。はあはあと荒い息を吐いている。

「すまぬ。なにもせずに、わしだけ出してしまった……なんという不覚」

「そのようなことはありません、高時様」

初音から唇を押しつけていく。ぬらりと舌を入れると、高時もからめてくる。

すると、女陰で魔羅がぴくっと動く。

「ああ、初音どのの口吸いはとろけるようだ」

初音の中で、高時の魔羅がむくむくっと力を帯びてくる。

初音は右腕を頭の横にあげてみせた。腋《わき》の下をあらわにさせると、

「舐《な》めてくださいい、高時様」

と言った。

「腋をか……」

と言って、高時が初音の腋の下を見つめている。和毛《にこげ》がわずかに生えた腋の下は汗ばんでいた。

「なんともそそるくぼみであるな」

高時が昂《たかぶ》っているのが女陰でわかる。さらに力を帯びはじめていた。

「では、遠慮なく」

と言うと、高時が腋の下に顔を埋《うず》めてきた。舐めるのではなく、ぐりぐりと鼻

を押しつけ、匂いを嗅《か》いでくる。

「あっ、高時様っ……ああ、恥ずかしいです……」

自分から誘っておきながら、匂いを嗅がれると、急に羞恥《しゅうち》が湧《わ》いた。

高時は、うんうんうなりながら、姫の腋の匂いを嗅ぎつづける。初音の中で、魔羅が力を取りもどしてくる。

高時は顔をあげると、すぐさまぺろぺろと舐めはじめた。

「あっ、あんっ……」

和毛ごと舐めあげられ、初音は甘い喘《あえ》ぎを洩《も》らし、裸体をくねらせる。と同時に、きゅきゅっと魔羅を締めていく。

「ああ、たまらんっ。輿《こし》入れしたら、夜ごと舐めさせてくれ」

「婿入り以外は、舐めさせません」

「こちらも」

と、高時が初音の左腕をつかむと、頭の横にあげていく。そして、汗ばんだ腋のくぼみにまたも顔を埋めてくる。

「ああ……」

初音はぞくぞくとした刺激を覚えた。高時もかなり昂っているのか、強く顔面を押しつづける。

初音の中で、魔羅が七分ほど力を取りもどした。それに気づいたのか、高時が腰を動かしはじめた。

「ああっ……」

「若殿っ、もしや、抜かずの二発をっ」

ずっとそばで見ている木島が驚きの声をあげる。

「そ、そうだな。抜かずの二発ができそうだ」

腋から顔をあげた高時が答え、上体を起こした。腰に巻かれた初音の太腿《ふともも》が解かれる。

高時は初音のくびれた腰をつかむと、抜き差しをはじめる。

「ああっ……あんっ……」

突きながら、魔羅がたくましくなってくる。八分から九分へと復活していく。

「ああっ、これはすごいぞっ、木島っ」

完全に勃起を取りもどした高時が、本手《ほんて》で激しく突きはじめる。

「ああっ、あんっ、あああっ」

突かれるたびに、たわわな乳房がゆったりと前後に揺れる。

高時は両手を伸ばすと、初音の乳房を鷲《わし》づかみにする。こねるように揉《も》みしだきながら、さらに突いていく。

「いい、いいっ。もっとっ、もっとっ」

「こうかっ」

高時は顔面を真っ赤にさせて、力強く初音の女陰をえぐっていく。

が、すぐにまた動きが鈍る。

「ああ、もっと……」

「ああ、きつすぎるのだっ……ああ、また、出そうだ」

「若殿っ、姫をいかせるまで、もう出してはなりませんっ」

と、木島が言う。

「そのつもりだったのだが……ああ、なんて女陰だっ」

最初の勢いはどこにやら、はやくも突きの動きが鈍る。

「もっとっ、もっとっ」

初音が激しい責めをねだる。

「ああ、だめだっ。また、出るっ」

高時は初音の女陰に負けて、はやくも二発目を子宮に向かってぶちまけた。

「あっ……」

初音は汗ばんだ裸体を震わせるも、気はやってはいなかった。

「ああ、すまぬ。またも、勝手に出してしまって……」

「よろしいのですよ、高時様」

初音はまたも突っ伏してきた高時の頭をよしよしと撫《な》でる。

「これは、なんと……」

菩薩《ぼさつ》のような初音に、木島が感嘆する。

三

「殿、江戸はいかがでございましたか」

彦次郎が江戸より国許《くにもと》に戻ると、すぐに国家老の林田忠友が顔を見せた。

「吉原はよかったぞ」

「そうですか。それはなによりでございます」

「ただ、ちと困ったことが起こるかもしれぬ」

「困ったこと……」

「初音じゃ。初音が黒崎藩の若殿を婿入りさせて、次の藩主に据えようと動いているのだが、どうやら、若殿の高時も婿入りを考えはじめているようなのだ」

「それは真《まこと》ですかっ」

と、忠友が険《けわ》しい形相《ぎょうそう》で、身を乗り出す。忠友は彦次郎が抜擢《ばってき》した国家老だ。藩主が代われば、忠友もすぐに、国家老の役目を解かれるだろう。それに今、まわりを自分の息がかかった者で固めている。それもすべて、職を解かれることになるだろう。

初音が婿を取るのは一大事なのだ。

「しかし、五万石の若殿が二万五千石にすぎない我が藩の婿になるでしょうか」

「そこじゃ。初音が捨て身に出たようなのだ」

「捨て身、と申しますと」

「尺八《しゃくはち》を吹いてやったらしい」

「なんとっ」

「婿入りすれば、夜ごと吹いてやると言ったらしい」

「しかし、それだけで、二万五千石を捨てますか」

「さらに、まぐわったそうだ」

「まぐわったっ……夫婦になっていないのにですかっ」

「そうだ。それで、どうやら高時は腑抜《ふぬ》けになっているらしい。初音、初音、とつぶやいているらしい」

「そんなに、まぐわいがよかったのですか」

「女陰だ。凄まじい女陰の持ち主らしい」

「そうなのですか」

「わしも試してみたいものだがのう」

「女陰で、黒崎藩の若殿を腑抜けに……」

「それで今の藩主も困っていると聞く。腑抜けのままなら、後継者としてはそぐわないから、幸田藩に婿入りさせてもよいのでは、という話も出ているらしい」

「それは困りますっ」

「そうであるな。困るよな、忠友」

彦次郎がぎろりと国家老をにらむ。

「どうしたものか」

「婿入りだけはさせてはなりませんっ」

「そうだな、忠友」

「どうすれば……よいのでしょうか、殿」

「それを考えるのが、国家老の役目ではないのか。わしは、廓《くるわ》作りに忙しいからのう」

話はここまでだ、と言うように、彦次郎は手をたたいた。

すると襖《ふすま》が開き、失礼します、と裸の女人が次々と座敷に入ってきた。幸田藩の政《まつりごと》を決める場に、おなごの甘い匂いが漂いはじめる。

「お殿様、茉優《まゆ》は寂しゅうございました」

そう言って、上座にいる彦次郎の顔面にたわわな乳房を押しつけていく。

「う、うう……」

彦次郎はうめきつつ、自らも乳房にこすりつけていく。

「ああ、智美《ともみ》も寂しゅうございました」

智美は彦次郎の右隣に座ると、着物の帯を解きはじめる。ほかにも、ふたりのおなごがいて、ひとりは彦次郎の背中に乳房を押しつけ、もうひとりは左隣に座り、はだけた胸もとを撫ではじめる。

国家老の忠友は、裸のおなごに囲まれ、だらしなく顔をゆるめている藩主を、苦虫をかみつぶしたような顔で見ている。

彦次郎は茉優の乳房から顔をあげると、

「なに、陰気臭い顔をしておる」

と、国家老をにらみつける。

「申しわけございません。生来、このような面相でして……」

「真美《まみ》、忠友の陰気臭い顔面をおまえの乳で隠せ」

と、彦次郎が言い、はい、と背中に乳房を押しつけていたおなごが、たわわな乳房を揺らし、忠友に寄っていく。

「殿、私は……そのようなことは……」

「隠せ」

と、彦次郎が言い、失礼いたします、と真美が豊満な乳房を国家老の顔面に押しつけていった。

「う、うぐ……」

忠友がうめく。

「おなごの乳はよいものであろう。廓ができあがったら、おまえ専用のおなごも用意しよう。のう、忠友」

「う、うう……うう……」

忠友は、ありがとうございます、と礼を言っていたが、うめき声にしかならなかった。

彦次郎が立ちあがった。すぐに足下に三人の女人がひざまずき、下帯に手を伸ばしていく。下帯が取られ、魔羅があらわれる。

ぐぐっと天を衝いていく。

「ああ、お殿様、なんとたくましい御魔羅」

と、三人の女人が感嘆の目で、反り返った魔羅を見あげる。その間も、忠友の顔面は真美の乳房に埋まっていた。彦次郎が乳を引け、と命じないからだ。

「よし、そこに並んで、尻を出せ」

と、彦次郎が女人たちに命じる。はい、と茉優、智美、それに早苗《さなえ》が、四つん這《ば》いになる。

「真美、忠友の魔羅を出せ」

と、彦次郎が命じる。はい、と返事をした真美が忠友の顔面から乳房を引くと、立ってください、と言う。

「私は、これで……」

「なにを言う、忠友。おなごのよさをともに堪能《たんのう》しようではないか。さすれば、おまえも廓の重要性がより理解できるはずだ。ほら、魔羅を出せ」

と、彦次郎が言う。魔羅は天を衝いたまま、微動だにしない。

真美がたわわな乳房を揺らしつつ、忠友の着物を脱がせ、下帯を取っていく。

すると魔羅があらわれたが、勃起はしているものの、天は衝いていなかった。

「なんだ、その魔羅は」

「申しわけございません……」

「常に天を衝いていなくてどうするっ。真美、しゃぶってやれ」

はい、と真美が忠友の足下に膝《ひざ》をつき、すぐさま咥《くわ》えてくる。一気に根元まで咥えこみ、じゅるっと吸ってくる。

「おうっ、これはっ」

魔羅がそのまま吸いこまれてしまいそうな尺八を受け、忠友がうなる。

真美が数往復顔を動かすと、唇を引きあげた。見事に天を衝いている。

「よし。真美、おまえも尻を出せ」

はい、と真美も早苗の隣で四つん這いになる。

「忠友、おまえは、真美から入れろ。わしは茉優からじゃ」

そう言って、彦次郎は四つ並んだ尻の左端に立つ。忠友は右端に立った。

「よし、入れるぞ」

と、彦次郎が茉優の尻たぼをつかみ、ぐっと引きよせると、ずぶりとうしろ取りで突き刺していく。

「ああっ、お殿様っ」

ひと突きで、茉優が愉悦の声をあげる。

忠友も真美の尻たぼをつかみ、うしろ取りで入れていく。ずぶずぶと中に入っていく。真美の女陰はすでにどろどろであった。

「ああ、忠友様っ」

と、真美も愉悦の声をあげる。

「忠友、何人気をやらせるか、競争である」

そう言って、彦次郎が激しく茉優の女陰を突いていく。

「いい、いいっ、お殿様、いいっ」

と、茉優が歓喜の声をあげ、四つん這いの裸体を震わせる。それを見て、忠友も真美の女陰を激しく責めていく。

「ああっ、忠友様っ」

真美の女陰がくいくい締めてくる。

「ああ……」

と、忠友はうなる。突いているのは真美の尻だったが、その隣にはずらりと三つの尻が並んでいる。茉優の尻は彦次郎が突いている。凄まじい勢いで、抜き差ししている。

「あ、ああっ、お殿様っ……茉優、もう……気をやりそうですっ」

と、はやくも茉優が訴える。

忠友は、殿に勝ってはならぬ、と気を使って責めようと思ったが、そんなことは杞憂《きゆう》であった。

「もう、気をやるのかっ、茉優っ」

「申しわけ……あ、ああっ、い、いく、いくいくっ」

茉優が四つん這いの裸体をがくがくと痙攣《けいれん》させた。大量のあぶら汗がどっと出る。彦次郎が魔羅を抜いた。

先端からつけ根まで茉優の蜜まみれとなっている。相変わらず、天を衝いている。

隣の智美の双臀《そうでん》をぱんっと張る。すると、智美が高々と尻を差しあげていく。

彦次郎が尻たぼをつかみ、肉の刃《やいば》をずぶりと突き刺していく。

「いいっ」

ひと突きで、智美が叫ぶ。

「あんっ、忠友様……もっと突いてください」

殿の迫力に圧倒されて見惚《みと》れていた忠友は、我に返り、真美の女陰を突いていく。

「あ、あああっ、ああああっ、気を、ああ、智美も、もう気を……」

「よいぞ、いくがよい」

「ああ、ああああっ、ありがとうござ……い、いくっ」

と、はやくも智美も四つん這いの裸体を痙攣させて、突っ伏した。

忠友は演技ではないのかと思ったが、全身にあぶら汗をにじませている。演技で汗までは出せまい。

「忠友、なにをしている。これでは競争にはならぬぞ」

「申しわけございませんっ」

忠友は渾身《こんしん》の力をこめて、真美を突いていく。

「あ、ああっ、忠友様っ、ああ、真美も……ああ、気をやりそうですっ」

「やるがよいぞっ」

「ありがとう……ああ、ございますっ……い、いくっ」

と、いまわの声をあげ、真美は背中をぐっと反らせた。反らせたままで、がくがくと汗ばんだ裸体を痙攣させる。

「ほう、なかなかではないか、忠友」

「ありがとうございます」

忠友は真美の女陰から魔羅を抜いた。早苗の穴は、彦次郎はまだ塞いでいない。

「殿、お入れください」

「おまえが入れてみろ、忠友」

「ありがたき幸せ」

忠友は胸を熱くさせていた。殿とおなごの穴を共有できるなど、家臣として最高の誉れだと思った。

忠友は早苗の尻たぼをつかむと、ぐっと引きよせ、ずぶりと突き刺していく。

「ああっ、いいっ」

ずっと待たされていたときが前戯となっていたのか、早苗もひと突きで歓喜の声をあげて、四つん這いの裸体を震わせた。

「よいぞ、忠友」

彦次郎は右端に移動し、真美の尻をつかみ、引きあげると、うしろ取りで突き刺していく。

「いいっ」

真美も一撃で絶叫する。

「あ、ああっ、いい、いいっ」

「いい、いいいっ」

早苗のよがり声と真美のよがり声が心地よい二重奏を奏でていた。

「よい声で泣くのう、忠友」

「はい、殿」

殿といっしょに魔羅一本で泣かせている喜びに、忠友は浸っていた。そして、彦次郎を絶対失脚させてはならない、とあらためて思った。

邪魔なのは、初音と黒崎藩の若殿。

どうにかしなければ。どうにか。

「ああ、いきそうですっ」

と、早苗が叫ぶ。いってよいぞ、と忠友は子宮を鎌首でたたいた。

四

喜三郎はまた、真中屋の美人姉妹と大川に出ていた。

また花火が見たいと姉妹が父におねがいして、屋形船を大川に出していた。今宵は、辰右衛門がいっしょだから姉妹に迫られることはない、と喜三郎は安心してつきそいの仕事を受けていた。

が、魔羅の危機がやってきた。

「これは、真中屋さんではないですか」

と、隣に迫った屋形船から声がかかった。中には、大店《おおだな》の主《あるじ》ふうの男がふたりに、若いおなごが四人乗っていた。

「これは、増田屋《ますだや》さんではないですか」

「そちらは」

と、一花と比奈を見て、増田屋が問う。

「娘たちです」

「ほうこれは、噂《うわさ》どおりのべっぴんですなあ」

増田屋が相好を崩す。

「紹介します。こちらは、材木問屋の森田屋《もりたや》さんです。お嬢様が三人もおられて、いい呉服屋を探しておられるのです。ちょうどよかった。真中屋さん、こちらにいらっしゃいませんか」

と、増田屋が辰右衛門を手招きする。

まずい。これはまずいぞ、と喜三郎は警戒する。

「ちょっといいかな」

と、辰右衛門が娘たちを見る。

「どうぞ。こちらは香坂様がいらっしゃいますから、安心です」

と、一花が言い、比奈がうなずく。うれしそうに、ちらりと喜三郎を見る。

「そうか。すまぬな、また、わしが留守をすることになってしまって。香坂様、娘たちをおねがいします」

と、辰右衛門が頭を下げる。

あちらのほうをおねがいします、と頼まれているようで、どきりとする。

増田屋の屋形船がぴったりと寄せられた。船頭が手を伸ばす。辰右衛門が手を繋《つな》ぐと、ぐっと引きよせた。

「お父さん、ごゆっくり」

と、一花と比奈の姉妹そろって、笑顔で手を振る。辰右衛門を乗せた屋形船が離れていくと、どんっと花火があがった。

おうっ、とあちこちの屋形船から歓声があがる。今宵も大川にはかなりの数の屋形船が出ていた。

またどんっと花火があがると、きゃっと声をあげて、さっそく一花が喜三郎にしがみついてきた。それを見て比奈も、花火があがっていないのに、きゃっと声をあげて抱きついてくる。

こちらの船頭は、いつもの弥吉と八五郎だ。すでにこのふたりには、娘たちとの関係を知られてしまっている。あのあと、辰右衛門はなにも言ってこないから、かなり口が堅いのだろう。

「香坂様も、お酒、飲んでください」

と、一花がお猪口《ちょこ》を持たせる。

「いや、わしは……仕事中ゆえ……」

と断ると、一花が徳利からじかに酒を口に含み、喜三郎の口に押しつけてきた。どろりと流しこんでくる。

「う、うう……」

喜三郎は酒を受けつつ、まわりを見る。障子は開けっ放しのままだ。弥吉がこちらを見ている。反対側からは八五郎も見ている。

辰右衛門を乗せた屋形船は見えない。また、どんっ、どんっと花火があがる。

屋形船に乗っている男女の視線は花火が咲く夜空に向いている。

「比奈のお酒も飲んで、香坂様」

と、喜三郎のあごを摘《つ》まみ、妹が自分のほうに向かせると、酒を含んだ唇を押しつけてくる。

「う、ううっ」

一花が障子を閉めはじめる。

なにをしているのだっ、と叫ぶも、くぐもったうめき声にしかならない。止めようと立ちあがろうとするも、比奈が喜三郎にしがみついて離れない。その間に一花が四方の障子を閉めていった。そして行灯に火を入れると、淫蕩《いんとう》な雰囲気に一変する。

一花が小袖の帯に手をかける。

「なにをするのだっ。まずいぞっ。辰右衛門どのが戻ってきたら、どうするのだっ」

「しばらくは戻ってきませんよ」

そう言いながら、小袖を脱ぐ。今宵は肌襦袢を着ていた。今宵は父といっしょゆえに、喜三郎とまぐわうつもりではなかったのだ。そもそも、喜三郎はもう美緒以外の穴に入れるつもりはなかった。

比奈も小袖の帯に手をかけ、解きはじめる。

「待てっ。もう美緒以外とはまぐわわないと決めたのだ」

「どうしてですか。この躰、抱きたくないのですか」

と言いながら、一花が肌襦袢を躰の曲線に沿って滑り落としていく。たわわな乳房があらわれ、喜三郎は生唾を飲みこむ。

比奈も肌襦袢を脱ぎ、姉と並ぶ。腰巻だけとなった美人姉妹の躰は、当然のことながら、そそった。

四つ並んだ乳房がいやでも誘ってくる。

が、喜三郎は目を閉じた。

「美緒と夫婦になったのだ。ほかの穴には絶対入れぬと誓ったのだっ」

「そうなのですか」

甘い匂いが迫ってくる。ふたつの匂いだ。目を閉じたぶん、匂いを強く感じてしまう。障子の向こうでは、どかんどかんっと花火があがっている。あちこちから歓声が聞こえる。

着物の帯に手をかけられた。ならん、と言いつつも強く払えない。過日、初音に会いたいと言われて断ったが、あれは、使いが木島だったからだ。男だから、払えたのだ。初音本人が誘ってきたら、断ることができただろうか……。

今も、裸同然のふたりのおなごが、着物を脱がせにかかっている。だめだ。しっかりするのだ。もう惑ってならぬ。美緒をほかの男に走らせてはならぬ。

着物を脱がされ、胸板を撫でられる。ひとりは右胸、もうひとりは左胸。左右の乳首を姉妹で同時に刺激してくる。

「や、やめろ……」

と言うものの、押しやれない。下帯に手がかかった。

「ならんっ」

喜三郎は目を開いた。目の前で、四つの乳房が揺れていた。一花と比奈がいっしょに下帯を脱がせにかかっていた。

下帯を脱がされた。弾《はじ》けるように魔羅があらわれる。

「ああ、うれしいですっ。魔羅は正直ですね」

と、一花と比奈が同時に手を伸ばしてくる。ふたりで反り返った魔羅の胴体をつかんでくる。ふたりで同時につかめるほど、喜三郎の魔羅はたくましく勃起させていた。

「ならん、入れぬぞっ。女陰には入れぬぞっ」

と、喜三郎は告げる。わかりました、と言って、一花と比奈が喜三郎の股間に美貌《びぼう》を埋めてくる。右から一花が左から比奈が舌をからめてくる。

「あ、ああっ、ならぬっ……ならぬのだっ」

花火がどんどんとあがるなか、喜三郎はうめきつづけている。一花の舌が裏筋を這うと、比奈の舌がふぐりに向かう。袋を含むと、ぱふぱふと刺激してくる。

「ああ……ならん……」

ならん、と言いつつも、美人姉妹の尺八に、はやくも先走りの汁を出しはじめる。それに気づいた一花が、あら、とうれしそうに舐め取っていく。

「う、うう……」

魔羅がぴくぴくと動く。

「私も舐めたい」

ふぐりから顔をあげた比奈が鎌首に唇を寄せてくる。すると、一花がふぐりに顔を寄せてくる。息の合った姉妹の連携だ。

比奈が先走りの汁を舐めてくる。一花が舐め取ってすぐに、あらたな汁が出ているのだ。

一花が立ちあがった。腰巻に手をかける。

「ならんっ、入れぬぞっ。絶対、入れぬぞっ」

と、喜三郎が叫ぶなか、一花が腰巻を取る。すると、すうっと通った花唇があらわになる。喜三郎の魔羅でおなごにさせた花唇だ。清廉さの中に、はやくもおなごの色香が漂いはじめている。

一花は割れ目に指を添えた。

「な、なにをするっ。開いてはならぬっ」

喜三郎が叫ぶなか、一花が割れ目をくつろげていく。

喜三郎の目の前で、花が開いた。行灯の光を受けて、淫らに咲き誇っている。

「こ、これは……」

「香坂様が散らした花びらです。お務めを果たしてください」

と言いつつ、一花が剝き出しの花びらを寄せてくる。喜三郎の目の前が、濃い桃色に染まっていく。次の刹那《せつな》、顔面に花びらを押しつけられた。

「う、うう……」

喜三郎は軽い目眩《めまい》を覚えていた。

「ここに入れてくださいますよね、香坂様」

と問いつつ、ぐりぐりと媚肉をこすりつけてくる。その間も、あらたに出てくる先走りの汁を妹がねっとりと舐めつづけている。

「う、うう……」

ならぬ、入れぬ、と口にするも、情けないうめき声にしかなっていない。

一花が花びらを引いた。すると比奈が立ちあがり、腰巻を取っていく。

喜三郎は、やめろ、と口にした。はずであった。が、口がぱくぱくと動いただけで、言葉になっていなかった。

比奈も裸となった。すうっと通った割れ目があらわれる。

二本の縦筋が、ふたつの入口が、入れてください、と誘っている。

喜三郎はもう、ふたつの割れ目から目を離せなかった。

「入れてください」

「さあ、香坂様」

と、一花と比奈がともに割れ目を開いた。

喜三郎の前で、ふたつの花がぱっと咲く。どちらもすでに大量の蜜を湛《たた》えていた。そこから、喜三郎の股間にびんびんくるようなおなごの匂いが発散されていた。

これで入れないでいられる男がいたら、会ってみたいものだ。その強靫《きょうじん》な精神力に感服するだろう。

喜三郎は無理だった。武士として、まだまだ修行が足りぬと思った。

喜三郎は立ちあがった。魔羅が揺れる。

「そこに這うのだ。尻から入れてやろうぞっ」

高らかに宣言すると、香坂様っ、と一花と比奈が四つん這いの形を取っていった。

五

がたんっと障子の向こうで音がして、屋形船が揺れた。

もしや、高時かっ、と思い、喜三郎は身構えた。

すると、障子が開き、ひとりのおなごが入ってきた。町娘のなりをしていて、一瞬、誰かわからなかったが、すぐに初音だと気づいた。

「あっ……姫……」

「あら、またこの姉妹に入れようとしていたのですね、喜三郎様」

「い、いや、違うのだ……」

一花と比奈は四つん這いで尻を差しあげたままでいる。

「美緒さん以外の穴には入れぬと聞いていたのですが、偽《いつわ》りのようですね」

「い、いや、これは違うのだ……」

「なにが違うのですか。魔羅がひくひくしていますよ」

と言って、初音がぴんっと魔羅を指先で弾いた。ううっ、とうめくも、萎《な》えることはない。むしろ、姫に弾かれて、勃起の角度がさらにあがる。

「入れてくださいっ」

と、一花と比奈が競うように尻を振る。

「この穴に入れるのですか。私には入れないで、こちらの穴に入れるのですか」

と、初音が美しい目でにらんでくる。

「い、いや……入れぬ……入れるわけがない……」

と、喜三郎はかぶりを振る。

「入れてくださいっ」

一花と比奈が膝を伸ばし、若さの詰まった尻をさらに差しあげてくる。

初音が小袖の帯に手をかけた。障子の向こうを見ると、船頭の弥吉と八五郎が床に倒れ、あずみが棹《さお》を握っている。

「船頭は……」

「寝ているだけですよ」

と言って、障子を閉める。そして、帯を解いた。小袖の前がはだけると、いきなり形よく張った乳房と下腹の割れ目があらわれた。

「これはっ」

一花と比奈の割れ目に感嘆していたが、初音の割れ目はその上をいっていた。

やはり、姫様は違う。

初音が小袖を躰の線に沿って、滑らせた。

「その魔羅、入れる穴を間違っていませんか」

生まれたままの姿を披露《ひろう》し、初音がそう言う。

「初音姫……」

「ああ、きれい……」

四つん這いになって魔羅の挿入を待っていた美人姉妹も、初音の高貴な裸体に見惚れている。

「わしは美緒の穴にしか入れぬと決めたのだ、姫」

「そうですか。私も高時様の魔羅しか受け入れないと決めていました」

と言いつつ、自らの指を割れ目に添える。そして、姫自ら開いていった。

「ああ、なんと……」

ひと目で、喜三郎は魅了される。一花と比奈の花びらを合わせても、初音の花びらの神々《こうごう》しさ、そして卑猥さには勝てなかった。

「この穴には高時様しか入れさせません」

そう言いながら、あらわにさせた肉の襞《ひだ》が誘うように蠢いている。

「ああ、姫……姫様」

喜三郎は初音の裸体を抱きよせていた。そして、真正面からずぶりと入れていった。

「あうっ……」

初音がうめく。初音の女陰は燃えていた。蜜はわずかだったが、すぐににじみ出してくる。

喜三郎はそのまま、奥まで姫の中に入れていく。

「ああ、ああっ、喜三郎様……」

初音が火の息を吐き、喜三郎にしがみついてくる。たわわな乳房をぶ厚い胸板に押しつけ、自らつぶしていく。

「姫様……ああ、姫様……」

先端からつけ根まで、初音のおなごの粘膜に包まれる。完全に一体化している。

一花と比奈は四つん這いのまま、喜三郎と初音の繋がりを見あげている。

初音は圧倒的に美しく、美貌を誇っている姉妹でも、割って入ることができずにいる。

「ああ、このままですか」

「いや」

喜三郎は真正面より突きはじめた。ずどんずどんっとえぐっていく。

「あっ、ああっ、これですっ、ああ、これなのっ……ああ、喜三郎様っ」

ひと突きごとに、初音は喜悦の声をあげる。

「姫っ、姫っ」

喜三郎は真正面から突きつづける。あっ、と感じすぎて、初音が崩れていく。女陰から魔羅が跳ねるように抜けた。先端からつけ根まで、姫の蜜でねとねとに絖光《ぬめひか》っている。

初音がすぐさま、しゃぶりついた。一気に根元まで咥え、吸っていく。

ううっ、と喜三郎がうめき、きれい、と一花と比奈がつぶやく。

「うんっ、うっんっ、う、うんっ」

と、初音は喜三郎の魔羅を貪《むさぼ》り食ってくる。

「あ、ああ……姫……」

初音が唇を引いた。そして、四つん這いの形を取り、ぷりっと張った尻を差しあげていく。

一花と比奈も四つん這いのままだ。三つの美麗な尻が並んで、入れてください、と誘っている。

喜三郎はくらっとなった。美緒、ゆるせ、このような尻を差し出されて、入れないでいられるような強靱な精神力は、まだ持ち合わせていないっ。

喜三郎は初音の尻たぼをつかみ、うしろ取りで突き刺していく。

「いいっ……」

初音が背中を反らせる。

「突いてくださいっ、ああ、初音の女陰が壊れるまで、突いてくださいませっ」

「壊れたら、高時様の魔羅を受け入れることができぬぞっ」

「よいのですっ、このまま、喜三郎様の魔羅で壊れたら……ああ、初音は本望ですっ」

「なんとっ」

喜三郎は感激しつつ、尻たぼをぐいっとつかむと、渾身の力で姫の女陰を突いていく。

「いい、いいっ……ああ、もっとっ、もっとっ」

突くたびに、背中に汗がにじみ出す。そこから、一花や比奈とは違った、高貴な姫ならではの匂いが立ち昇る。

「こうかっ、姫っ」

喜三郎は激しく初音の女陰をえぐりつづける。

「もっとっ、ああ、もっとっ……う、うう……」

「こうかっ」

と問うも、返事がない。女陰が強烈に締まり、背中がさらに反った。どうやら

気をやったようだ。が、

「もっと……」

と、気をやりつつ、さらなる責めをねだってくる。

一花と比奈は初音の貪欲《どんよく》さに、圧倒されている。なにも知らないような高貴な顔をしながら、喜三郎の魔羅を女陰で貪り食らう姿に、目をまるくさせている。

「こうかっ」

喜三郎は初音を突きつつ、ぱんぱんっと尻たぼを張る。すると、

「ああ、もっと、罰してくださいっ……ああ、浪人の魔羅などに……溺れてしまっている初音をもっと、罰してくださいっ」

「そうだっ。姫様でありながら、浪人の魔羅でよがるとは、なんたることだっ」

と、喜三郎はさらにぱんぱんっ、ぱんぱんっと初音の尻たぼを張っていく。

「あ、あんっ、あんっ、もっとっ」

初音は痛がるどころか、張られるたびに、強烈に女陰を締めてくる。

「う、うう……」

張っている喜三郎のほうがうなり、思わず動きを止める。

「だめですっ。ずっと突いていてくださいっ」

花火の音をかき消すように、初音が叫ぶ。

喜三郎は渾身の力をこめて、再びうしろ取りで姫を責めていく。

「いい、いいいっ、気を、ああ、また、気をやりそうですっ」

「わしも出そうだっ」

「いっしょにっ、ああ、喜三郎様っ、初音といっしょにっ」

女陰もくいくい締めてくる。

「ああ、出るぞっ」

「かけてっ。初音の子宮に、喜三郎様の精汁を浴びせてくださいっ」

「すごい……」

一花と比奈は四つん這いの形のまま、ただただ見ているだけだ。自分たちの穴が放置されていることさえ忘れてしまっている。

「あ、ああっ、出るっ」

おうおうっ、と喜三郎は吠えた。凄まじい勢いで精汁が噴き出し、幸田藩二万五千石の姫の子宮を白く染めていく。

「いく、いくいく、いくうっ」

初音もいまわの声をあげて、がくがくと四つん這いの裸体を痙攣させた。

大量に注ぎこんだ喜三郎は魔羅を姫から抜いた。

半勃《だ》ちの魔羅を見て、次は私たちとばかりに、一花と比奈が喜三郎の股間に美貌を寄せてきた。すると、

「なりませんっ」

と、初音が叫んだ。ひいっ、と一花と比奈が息を呑《の》む。

「その魔羅は私だけのものです。おまえたちがしゃぶることはゆるしません」

初音が凄艶《せいえん》な眼差しで、大店の娘たちを圧倒する。

一花と比奈は反発することなく、しゃぶる手前で固まっている。

初音は四つん這いのまま、膝立ちの喜三郎の前ににじり寄り、一花と比奈の鼻先で、精汁まみれの魔羅をぱくっと咥えた。

「ううっ」

と、喜三郎はうめいた。根元まで咥えられ、吸われると、魔羅がとろけそうだった。

「うんっ、うっんっ、うんっ」

初音は上気させた美貌を上下させて、たった今まで自分の女陰を塞いでいた魔羅を貪ってくる。

唇を引くと、

「あなたは口吸いを、あなたは乳首を吸ってあげなさい」

と、一花と比奈に命じる。命じなれた姫の言いつけに、一花と比奈は逆らうことなく、はい、と素直に従う。

一花は立ちあがると、喜三郎に唇を寄せてくる。比奈は胸板に美貌を寄せて、乳首を唇に含んできた。

一花の舌がぬらりと入ってきて、喜三郎はからめる。比奈はちゅうちゅうと乳首を吸いはじめる。

なんてことだ。三人のおなごが喧嘩《けんか》もせずに、みなで喜三郎に刺激を与えている。

初音に魔羅を吸われつつ、一花と舌をからめ、乳首も比奈に刺激を受けている。三点責めだ。しかも、みな裸で、三人それぞれの甘い体臭が閉めきった座敷にひろがっている。

当然のこと、喜三郎の魔羅は反応を示す。初音の口の中で、ぐぐっ、ぐぐっと力を帯びていく。

初音が唇を引いた。一花に向かって、肛門を舐めなさい、と命じる。

一花は、はい、とうなずき、喜三郎の背後にまわる。

「あなたは口吸い。唾をたくさん飲ませてあげなさい」

比奈も、はい、と返事をして、姉に代わって唇を押しつけてくる。ぬらりと妹の舌が入ってくると同時に、肛門に姉の息を感じた。

初音は再び、魔羅を貪りはじめている。初音はとにかく、喜三郎の魔羅を欲しがった。片時も離したくないといった感じだ。

どうやら、高時はまぐわいの達人ではなかったようだ。まあ、初音の女陰を前にしたら、みな、すぐに果ててしまうだろう。それも致し方ない。

一花の舌が肛門をぬらりと這った。

「ううっ……」

姫に魔羅を吸われながらの肛門舐めは、かなり利いた。股間に全身の血が集まり、一気に勃起を果たす。

初音が唇を引いた。高貴な美貌の前で魔羅が跳ね、唾が飛ぶ。

「ああ、喜三郎様……」

初音はうっとり反り返りを見つめる。その間も一花は肛門を舐め、比奈は唾を垂らしている。

初音が座敷に仰向《あおむ》けになった。

「ください、喜三郎様」

両膝を立て、開いていく。

喜三郎は一花と比奈の愛撫から離れ、初音の股間に腰を進める。

一花と比奈の穴はずっと塞がれることはなかったが、ふたりとも、なにも言わない。喜三郎に本手で串刺《くしざ》しにされようとしている姫様を熱い目で見つめている。

喜三郎が鎌首を割れ目に当てた。

「参るぞ」

「はい……」

再び、喜三郎は初音の割れ目に鎌首をめりこませていく。開いた割れ目から精汁があふれてくる。

「あなたたち、啜《すす》って」

と、初音がふたりの侍女、いや、一花と比奈姉妹に言いつける。すると、一花と比奈が寄ってきた。鎌首がめりこみ、にじみ出ている精汁に左右から舌を差し伸べていく。そして、ぺろぺろと舐めはじめる。

鎌首を入れた状態で、胴体をふたりの美女に舐められ、喜三郎は腰をくねらせる。さらに埋めていくと、精汁があふれ出てくる。それを、一花と比奈が舐め取っていく。

「奥までください」

と、初音が言い、喜三郎はずぶりと埋めこんでいく。

「あぁっ……」

初音の背中が反っていく。

「姫様……」

と、顔をあげた一花と比奈がうっとりした顔で、初音を見ている。

喜三郎は抜き差しをはじめる。強く突くたびに、たわわな乳房が前後に揺れる。

するとそこに、一花が手を伸ばしていった。

「姫様、お乳を触っていいですか」

と聞く。

「いいわ……触って」

ありがとうございます、と一花が揺れる乳房をつかんでいく。一花の手は小さく、初音の乳房は豊満だ。とてもつかみきれない。

比奈も、私もいいですか、と聞く。初音は、はあっ、と火の息を吐きつつ、いいわ、と答える。

比奈が左の乳房をつかんでいく。美人姉妹が、姫の乳房を揉んでいく。

喜三郎は突きに勢いをつけていく。

「いい、いいいっ、いいのっ」

三人がかりで責められ、初音が乱れていく。一花と比奈の手の甲に自らの手のひらを乗せて、強く押していく。

「ああ、ああっ、この魔羅がずっと欲しいですっ……ああ、喜三郎様っ、どうして浪人なのですかっ」

「すまぬっ、初音姫」

浪人であることを、喜三郎は詫《わ》びる。

「ああ、ああっ、幸田藩に……ああ、仕官してくださいっ。ああ、私の近習になってくださいっ、喜三郎様っ」

「それは……」

「よろしいでしょうっ。この魔羅をそばに置いておきたいのっ」

「しかしそんなことをしたら、高時様が……」

「ああっ、高時様は、もう、私の虜《とりこ》ですっ。私の女陰の虜ですっ。ああ、必ず、婿入りしますっ」

「そうなのかっ」

「はいっ。必ずですっ」

「そうなると、彦次郎様が黙っておられないのではっ」

「ああ、そうですっ。ああ、高時様のお命がっ」

と叫ぶと、女陰がこれまでで、いちばん締まった。

喜三郎は鎌首が切り落とされたかと思った。

「おうっ」

と絶叫し、はやくも二発目をぶちまけていた。

「いく、いくいくっ」

高時の命を案じつつ、初音は気をやった。全身にどっとあぶら汗が浮かび、初音の匂いが濃くなった。

六

数日後。

高時は初音を呼び出した。大川沿いの高級料理屋の離れで、初音を待っていた。障子を開き、大川を眺めていたが、落ち着かない。

「おいでになりました」

と、襖の向こうから、木島の声がした。うむ、と返事をして、障子を閉める。

襖が開き、初音が姿を見せた。

「ああ、初音どの……」

初音の姿を見るだけで、高時の胸は躍った。

初音が下座につく。なんとも高貴な美貌だ。気品に満ちあふれていたが、ちょっとした仕草に、おなごの色香が匂った。

この姫とはすでにまぐわっている。婿入りすれば、夜ごとまぐわえる。

「今日、来てもらったのは、決めたからだ」

「はい、高時様」

初音がまっすぐに高時を見つめている。

「わしは……そなたのもとに……婿……」

いきなり障子が破られて、男が斬《き》りかかってきた。

あまりに突然で、高時は動けなかった。刃が迫り、これまでかと思ったが、ぎゃあっ、と男が叫び、ひっくり返った。

高時は目を見張っていた。天井から男が降ってきて、高時に斬りかかってきた男の脳天に唐竹割《からたけわ》りを見舞ったのだ。

「おまえは、喜三郎っ」

高時の命を救った男は、恋敵《こいがたき》であった。

刺客はひとりではなかった。あとからふたり乗りこんできた。

高時が刀かけに手を伸ばす前に、ふたりめの男が斬りこんできた。喜三郎は三人目の男の相手をしている。

「お覚悟っ」

と、ふたりめの刃が高時に迫った。これまでかっ、と思った刹那、かきんっと鼻先で刃が鳴った。

高時の前に出た初音が、小刀で男の刃を受けていたのだ。

「おのれっ、邪魔するなっ」

髭面《ひげづら》の男がぐいっと刃を押してくる。

「姫っ」

と、高時が叫ぶなか、初音が小刀で押し返す。

「このアマっ」

髭面が顔面を真っ赤にさせて、力を入れてくる。刃が初音の鼻梁《びりょう》に触れようとしたとき、初音はさっと小刀を引きつつ、横にころがった。

襖の向こうでも、刃と刃がぶつかる音がしている。

髭面が前のめりに体勢を崩した。すばやく起きあがった初音は男の首を真横から小刀で狙《ねら》った。

それに気づいた髭面が大刀《だいとう》で受けようとしたが、小刀が一瞬はやかった。髭面の首の真横に突き刺さった。

「ぐえっ」

髭面は目を剝き、がくがくと躰を震わせた。

ぎゃあっ、と襖の向こうで男の悲鳴があがった。喜三郎が見事、三人目の男を袈裟《けさ》懸《が》けで斬っていた。

襖が倒れてきた。木島が大男の相手をしていた。鍔《つば》迫《ぜ》り合いのまま押されて、襖を倒したのだ。

「木島っ」

と、高時が声をかける。

「若殿っ、大事ないですかっ」

大男の大刀をぎりぎり受けつつ、木島が聞く。

「大事ないぞっ」

木島はうなずき、大男の大刀を押し返す。

「殺すなっ」

と、高時が言う。はいっ、と返事をした木島が大男の太い二の腕めがけて刃を振った。

大男が受ける前に、刃が二の腕にめりこむ。

「ぐえっ」

大男がうめく。反撃しようとするが、もう片方の腕にも刃をめりこませていった。

大男がぎゃあっと叫び、大刀を落とす。

木島が大男の顔面に切っ先を突きつけた。

「誰に雇われたっ」

大男はにやりと笑うと、舌をかんだ。

「やめろっ」

と叫び、そばにいた高時が大男のあごをつかんだが、すでにかみきっていた。

「誰が刺客をよこしたのだ」

と、高時がつぶやく。

「高時様が婿入りされては困る者の仕業です」

と、初音が言う。

「初音様に助けられるとは……剣術にも長《た》けておられるのだな」

初音はうなずき、喜三郎を見やる。

「ありがとうございました、喜三郎様」

と、喜三郎に向かって深々と頭を下げる。

「大事なくて、よかった」

喜三郎様っ、と初音が高時の前で抱きついていった。それだけではなく、唇を喜三郎の口に押しつけていったのだ。

「なんとっ」

高時と木島は目を見張った。

喜三郎も初音の口吸いを受けていた。お互い舌を入れて、からませ、吸い合っているのがわかる。

初音が喜三郎から唇を引いた。

「これが最後の口吸いです。もう二度と、初音は喜三郎様とは口吸いしません」

高時をまっすぐ見つめ、初音がそう言う。

「それは真か」

「ひとつだけ、お聞きしたいことがあります」

「なんだ」

「お命を狙われても、私とまぐわいたいですか、高時様」

「ううむ……」

高時は即答できずにいた。まさに命を狙われた直後だからだ。

「まだ、お覚悟がないようですね」

しかたありません、と再び、初音が喜三郎に抱きついていった。高時の目の前で、見せつけるように、口吸いを再びはじめる。

「うんっ、うっんっ」

ぴちゃぴちゃと、舌の音まで聞こえてくる。

「う、うう……」

高時はうなっていた。婿入りしようと決断しただけで、刺客に襲われたのだ。

これで終わりとは思えない。むしろ、はじまりだろう。
命がけのまぐわい。
命をかけても、初音姫とまぐわいたいか。
初音が喜三郎の着物の帯を解いた。下帯があらわれると、それも取っていく。
すると、隆々《りゆうりゆう》とした魔羅があらわれた。
「ああ、なんともたくましい……初音はたくましい魔羅が好きです、高時様」
初音は高時を見つめつつ、喜三郎の魔羅をしごきつづけた。
高時はそれを見ながら、ひとりうなっていた。

コスミック・時代文庫

お世《よ》継姫《つぎひめ》と達人剣《たつじんけん》
罪のかけひき

2022年8月25日　初版発行

【著者】
八《や》神淳一《がみじゅんいち》

【発行者】
相澤　晃

【発行】
株式会社コスミック出版
〒154-0002 東京都世田谷区下馬 6-15-4
代表　TEL.03(5432)7081
営業　TEL.03(5432)7084
　　　FAX.03(5432)7088
編集　TEL.03(5432)7086
　　　FAX.03(5432)7090
【ホームページ】
http://www.cosmicpub.com/
【振替口座】
00110-8-611382
【印刷／製本】
中央精版印刷株式会社

ISBN978-4-7747-6402-3 C0193